Happy Trip

To Sweet Planet

甜星球旅途愉快

絮絮　编

江苏凤凰文艺出版社
JIANGSU PHOENIX LITERATURE AND ART PUBLISHING

图书在版编目（CIP）数据

甜星球旅途愉快 / 絜絜编. -- 南京 : 江苏凤凰文艺出版社, 2022.2
ISBN 978-7-5594-6007-3

Ⅰ. ①甜… Ⅱ. ①絜… Ⅲ. ①故事—作品集—中国—当代 Ⅳ. ①I247.81

中国版本图书馆 CIP 数据核字 (2021) 第 256854 号

甜星球旅途愉快

絜絜 编

责任编辑 周颖若
特约编辑 蒋 甜
责任印制 刘 巍
出版发行 江苏凤凰文艺出版社
南京市中央路 165 号，邮编：210009
网 址 http://www.jswenyi.com
印 刷 上海盛通时代印刷有限公司
开 本 880 毫米 ×1230 毫米 1/32
印 张 9.5
字 数 210 千字
版 次 2022 年 2 月第 1 版
印 次 2022 年 2 月第 1 次印刷
书 号 ISBN 978-7-5594-6007-3
定 价 45.00 元

序

2018年底，我在微博开设了账号@甜星球日报社。我的初心是想收集大家在生活中的喜怒哀乐，提供一隅情绪栖息地。可随着不断传播，账号受到越来越多关注，投稿的故事种类也愈加丰富。大家常常在甜蜜稿的评论区“气急败坏”地留言表达羡慕；在求助稿下面给予真诚建议；在出现水灾时，众志成城帮助受灾人。有时，甜星球已经超出了我最初的预想，这一切都是因为有善良的甜星球居民，你们营造了舒心的氛围，让更多人吐露平时羞于表达的情绪。

无数投稿人在甜星球分享人生的珍贵时刻，我很庆幸有机会收录部分故事，以书籍形式作为纪念。其中有恋人的浪漫、爱而不得的遗憾、啼笑皆非的小误会、兜兜转转的重逢和路遇过的美好。愿它们在早晨的地铁，或是某个失眠的夜晚陪伴你。

作为甜星球“社长”，我非常感谢每个你：诉说故事的你、跟着故事哭哭笑笑的你。我们看着有人消沉地抱怨学业困难，一年后终于拿着理想学校的通知书一扫阴霾；我们也曾为陷入暗恋的人出谋划策——有位可爱的朋友在评论区发了自制头像，想帮助投稿人袒露心意，而后真的收到了投稿人表白成功的喜讯；我们见证过情侣走到结婚生子，也感叹过婚姻不如当初想象，苦恼于如何脱离沼泽……

借由这次出版，我得知了许多人的近况。

在《毕业旅行的心动》发出后，他们经历了分手，却因出版再次恢复联系，重启了感情按钮，现在两人正好好呵护着得来不易的“重来一次”。

《如果你相信爱情，爱情就一定会发生》的主角虽已分开，可仍在爱情之外祝福对方一片坦途。

《一路走来》的女生寄来婚礼伴手礼，我超级感动，特别为他们开心。他们从大学恋爱到经历病痛，再到婚礼如期举行，携手扬帆闯过许多难关。

某天我跟《从小到大只喜欢你》的投稿人商量文稿，她说她正好在和他吃饭。好奇妙的感觉，大概也不是每个人都有机会把初恋写进书里。

大家共同体会奇妙的际遇，见证生活的无数可能。有时不计结果、勇敢追求、奋力一搏，因为我们明白经历即美好。人生的魅力正在于此。

有条评论这样写道：“我们随手翻过的故事，是别人十年的青春。”

岁月流长，故事不常有，珍藏每个日与夜，珍惜每种可贵心情。

祝你在甜星球旅途愉快，谢谢你来玩。希望每天都是你的幸运日。

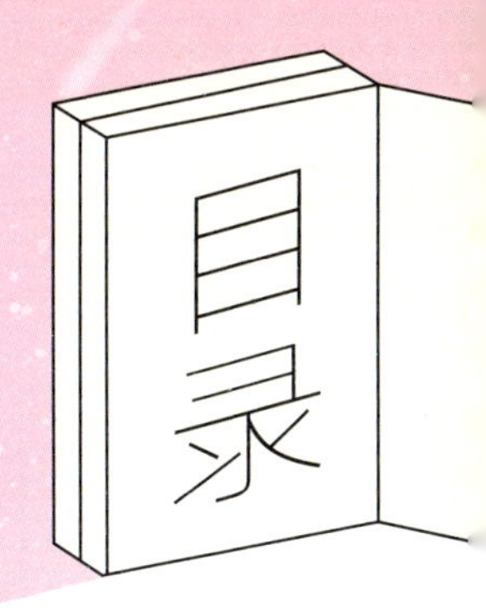

相爱的人终会重逢

银河系搭车客指南

双向暗恋刮刮乐

我们为什么想恋爱

落花流水

路遇美好

/甜星球

旅途愉快/

相爱的人终会重遇

我在未来等你

甜星球居民：rx96

2014年，我认识了他。我们是同班同学，之后因为一些事情，我被迫转学。

后来我们偶尔偷偷联系，最后一次见面是他家里人要没收他的手机，他赶来送我最后一份礼物，一件牛仔衣。我们从此再无联络。

那件牛仔衣我穿过几次，每次穿上时都会想起他，我还是意难平，所以干脆收起来了。

现在我读大二，最近回老家，我在一次聚会上遇到他，才知道我们都在同一个城市读书，可是学校离得较远。

他说起那件牛仔衣，我说穿了几次就压箱底了，他苦笑道："本来上面藏了一个小秘密，看你哪天会发现，唉，你好笨。"

我回家翻了半天，终于找到了他说的那个“秘密”。

这是胸前左边的口袋，很小，我从来没用过，居然不知道翻开口袋的布，上面就是他缝的字：我在未来等你。

这是我最喜欢的电影《穿越时空的少女》里的台词，以前我们一起看过这部电影。

看到这句话后，我给他发了信息。

我们以前约定了，以后上了大学再光明正大地恋爱，可是断了联系后，我们无法确定彼此的心意，也不知道时隔几年，很多东西是否有变化。

原来他的心意早就表达给我了。

挥别错的才能和对的相逢

甜星球居民：Hanakoto

我好喜欢他！

我觉得我的运气太好了，有这样一个男孩喜欢我。

我们互相为对方着想，都很黏人。他脾气好，性子软乎乎的，长得可爱，又乐观，我真是捡到宝啦！

我俩是同一个高中的，高二文理分科的时候，我分到了他们班，但他选了理科，便分去其他班了。虽然我们互相知道对方的姓名，但我们是2010年高考后才算认识的。

他在我们班一个男生的手机里看到了我的一张照片，照片上是我高二的时候翻到窗户上和人打架的场景，他觉得我特别有意思就加我QQ了。这是我们认识的契机。我们聊天什么的也很愉快，但也仅仅就是聊天了。

大学的时候我去了北京，他留在本市。

我还记着2010年圣诞节那天，他和我们俩共同的同学两个人走在大街上找不到地方去，他就给我打电话，和我聊天，他说觉得我特别好。

我也不知道怎么回复他，每次都不好意思地打哈哈就过去了。我觉得他就是觉得我好玩，觉得我性格好。

我说过我喜欢吃蛋挞。每次我快放假回来的时候，他都会和我聊天说要带我去吃蛋挞，我总是满口答应，然后就没有然后了。

因为"社恐"的我不知道出来要聊什么，也觉得可能他也就是说说。

我开了一个贴吧，是吧主，上大学那几年他问我要了小吧主的权限，还经常在里面发帖子，我总是过了一阵才看见，给他回复。当时我也是好奇为什么他总在这里发帖子。

后来我工作了，我回到本省，但在隔壁市。

其间我谈了恋爱，但我们在我2016年年底回到自己家的城市后分手了。

之后的两年，因为家里对我催婚和施压，我开始频繁相亲，过得很痛苦。

2018年年底相亲，我遇到了一个看着很正常的人，我们开始交往。可能因为相亲太艰难了，我想早点结束，所以这一次见家长的速度比较快。

其实在恋爱期间我就发现了，因为我和男方的想法不同，我总是很焦虑很暴躁。最后我们因为性格不同，感情还是出问题了。但我因为害怕被家里人骂，选择不分手硬熬，导致我得了抑郁症，好在我的病情很轻，医生开了药后，我也靠着自己克服了。

男方可能受不了我的转变，终于在今年九月提出了分手。我解脱了。

在十年这么长的一段时间里，我们都断断续续联系着，我不太会聊天，每次都是他找我，我在微博和朋友圈发的除了恋爱相关的内容，他基本每条都会点赞和评论。

到后来我才知道，我浪费了近乎一年的时间和一个不值得的人拖着，导致把和他在一起的时间推后了那么久。

11月底，看弟弟结婚，我感觉很麻烦，就随手发了个朋友圈说“单身好爽”。这条朋友圈被我们的同班同学看到了，当时他们正在打游戏，同学知道他喜欢我（我咋就不知道），给他发消息，他后来截图给我看了。

“快！XX单身了，抓紧！”

然后他回头就找他同事——

他：“她单身了。”

同事："你有想法？"

他："我想想咋说……"

同事："那你努力了吗？加油，我的兄弟，你要有想法就努力下，是时候了。"

他："必须。"

他和我同学的聊天——

他："老天啊，就让我成一次，确定XX的态度。"

同学："你几年没跟她见过面了？你直接去问，人家能答应就见鬼了。"

然后他就来找我了。

他表白的话太含蓄了，我开始根本没有明白。

他说着说着，我感觉不对劲，他好像是要和我在一起的意思。

我就问他是不是想试试，他说："不是试试，我是认真的。你那天发朋友圈我没看到，是XX给我说的，当时我们正在打游戏。当时我玩游戏的心情就没了，匆匆忙忙就下了。晚上躺在床上，我仔仔细细想了很久，才决定昨晚跟你说的。"

但我担心他是觉得我们都正好单身，所以能凑一对。

他说："不不，我关注你好多年了。如果我想找个合适的或者单纯恋爱的话，那早就有了，我对恋爱的态度还是比较严谨的。

"这么说吧，我喜欢你很久了。

“我以前跟XX说过，我觉得你挺好的，性格、爱好什么的我都很喜欢，只是你一直有对象。当时是下午两点多，他给我发消息说你单身了，我恍惚了一阵。”

…………

然后我回想了这些年的一切细节，觉得好对不起他！

他真的是个很乖很可爱的男孩子，导致他的每次联络我都以为他只是喜欢找人聊天，对我有依赖感。

我已经有点心动了，但是又很担心。十年过去了，每次说好要跟他一起玩都没能赴约的我已经变得不再有吸引力，尤其是经历了一场垃圾恋爱的我。我也担心我这么多年没见他，他会不会也不再那么有少年气，变成一个腐朽的老家伙了。我还担心他这么多年的喜欢其实很脆弱，他怎么会一直喜欢一个见不到的人呢？我又有什么值得喜欢的呢？

所以我们就约好周五晚上去听音乐会，然后好好聊聊。

周五那天我一直很紧张，我怕我们这么久没见，到时候认不出对方怎么办？

我到达约定的地铁口，就看见一个少年样子的男孩子在发信息。我跑过去突然不知道说什么，我就说：“我可爱吧？”

他盯着我看了一秒，超腼腆地笑着点了下头。我当时心底的烟花就炸开了。

听完音乐会，我们在咖啡馆坐了很久，聊各自的想法和我的担心。

他说他不会催我，不会给我压力。我问：“那你着急吗？”他却愣愣地说：“着急啊！”

咖啡馆打烊，我们徒步往家走，大概走了两万五千步的样子。路上，他有意无意地想拉着我，我说：“你是不是想拉手啊？”他说：“是。”我说：“拉了手我们就是在一起了哦！”然后他就拉着我的手了！

其实我单身的那两年，他也想给我表白，但因为不敢所以犹犹豫豫地没说，然后我就有对象了。他说好害怕哪天我就发朋友圈领证了。

我们在一起后，他同事还截图给我看，他俩当时是怎么合计要跟我说的。

他说现在鼓起勇气告诉我喜欢我，是他十年里做过的最勇敢的事情。

我好喜欢他。他的善良、乐观、活泼，他对我的让我至今受宠若惊的喜欢，我白白浪费时间在错误的人身上的歉疚感，我对他的感谢……这些糅合起来都告诉我，我要变得更好，对他更好。就像他用可爱的语气告诉我的一样：每一步都走踏实，朝着最终的目标前进。

携手到达顶峰

甜星球居民：幸运宠儿2022

“人生中最重要的两件事是什么？”

“爱和梦想。”

这个世界上总有一个人，会让你觉得，爱是对的。

喜欢钢琴老师怎么办

甜星球居民：magnolia

那天陪姐姐过生日，我们去了温馨的小店。我带着订制的生日蛋糕和自己准备的精心挑选的礼物。

过去一年了，我还记得那天她眼睛里藏不住的喜悦。

我也不知道能以这样的身份陪她多久，管他呢。

流水很清楚惜花这个责任，真的身份不过送运。

但是经历过最温柔共震。

考完大三下学期的最后一场期末考试，熬过了难熬的考试周，又想到接下来的暑假要准备考研，我忽然觉得一切都没有意义。出教学楼的一瞬间，我抬头看见了明媚的彩虹，看到了放假的同学们欣喜着拍彩虹分享给自己在意的人，耳机里放的歌随机播到了Gareth Coker（加雷思·库克）的*Main Theme*，我觉得生活其实还是很有意义的。

在图书馆学习的时候，姐姐忽然叫我出去吃饭，似乎连上天都藏不住它的喜悦，泛出片片粉红的晚霞。那天我和姐姐一起吃的小龙虾和火锅格外好吃。

路遇美好

甜星球居民：claus

其实那天人群熙熙攘攘，我不觉等到了城市的暖灯光，在镜头里发现他们是海边更好看的调色盘。

新年愿望已经实现了

甜星球居民：Django809

我们这帮朋友从小一块长大，现在已经工作四年了。每年庆祝跨年的时候，我们都会找个地方旅游。

今年在民宿跨年，喝酒唱歌，灯光温暖。他清唱了一首约翰•列侬的*Love*，这首歌是他在高考前夕推荐给我的。

快到十二点时，我让大家放下酒杯准备许愿，他一直看着我笑。我问他许了什么愿，他弹我的头说："说出来就不灵了，你休想窥探！"

昨天他约我出来看电影，这么多年了，我们每次都是一帮人出来玩，跟连体婴似的，单独两人看电影还是头一遭。

取票的时候，他说："那天你问我许的什么新年愿望。"

他举起手机扫码，指了指屏幕。

屏幕上是两行大字——

我边拍照边笑他："这种愿望有什么好保密的啊？当时讲出来我们也不会笑你。"

他说："我不怕被笑，是怕你以为我喜欢别的人。"

我没反应过来，他也没再说话，取出电影票给我。

我看见票上有三个字：实现了。

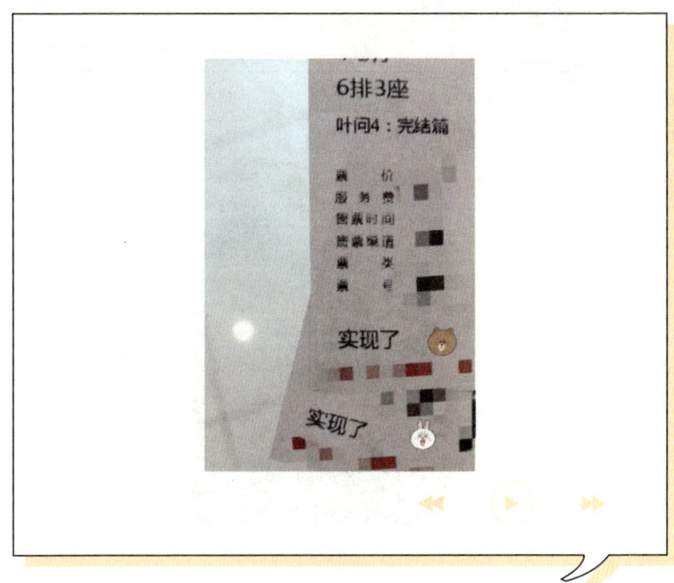

第二天早上，我醒来后发消息给他。

哇有男朋友了

早上醒来脑子还在缓冲

我也缓冲了 因为我好开心

昨天忘记问你 为什么想从朋友变成情人

没有很刻意，也没有用力思考，就想每天和你单独在一起

用男朋友的身份

如果非要划分一个界限，追究喜欢上什么时候开始的

那应该是 18 年跨年，我问你记不记得约翰列侬那首歌

你说“当然记得，很多时候都会听，以前听，会想起高考时的苦闷，后来听，会想起你的脸。”

也许那时候你是以朋友的身份说这些

但是怎么办呢？我就立刻喜欢你了

／甜星球

旅途愉快／

/ 银河系搭车客指南 /

追求比我大五岁的女上司

甜星球居民：匿名

本人男，喜欢上了一位女上司，她比我大五岁，单身。

我们在不同部门，在公司很少交流。偶然一次午餐时间，聊天时，我发现她私下的样子和工作时的样子完全不同，很可爱、很具反差感。

那之后我经常约她出来吃饭，周末也偶尔见面，接触下来我发现我们各方面都合拍。在一个平凡的周六晚上，我表白了，那天对我来说是特别的一天。

她拒绝了，因为担心办公室恋情影响工作。我能理解，现在我们的人生不是只有恋爱这一件事，要考虑的还有很多。

她说她不想耽误我，不想留幻想给彼此，以后就不出来吃饭了，退回普通同事的位置。

我答应了，难过很久。可是每在公司见她一次，我就开心一次。我想长时间开心，所以做了辞职的决定。不在一个公司，我总可以光明正大地追她了吧？

怕给她压力，所以我没告诉她辞职的原因。递了辞职信的那段时间，我也向其他公司投了简历。我运气好，找到一家很不错的公司，公司离她也不远。

我给她发微信——

我：我上个月月底递了辞职申请，明天最后一天上班。希望我们以后能有机会出来吃饭。

她：好突然，你怎么现在才说？

她：不会是因为我辞职的吧？

我：不不，别担心，我又不是年纪小，为了喜欢的女生转学走天涯。

她：哈哈哈，吓死我了！你就是比我年纪小呀！有更好的去处没？什么情况呀？一点风声都不露。

我：详情改天有机会出来聊。

我：我学会做布朗尼了，明天带给你，放你桌上。

我：我才不是一般的弟弟，我只是想和你吃饭。

她：哇！谢谢，明天我有口福了，忙完这段时间我就请你吃饭，当我回礼啦！

我：太好了！

收拾东西那天，一大早，我去她办公室放了布朗尼。以前她说过她喜欢吃的，我学了很久，不过我是厨房杀手，哈哈。

那天她开会到晚上八点多，我在楼下等她。见到我的时候她问我怎么还没回家，是不是忘拿东西了。

我也不知道为什么，如果我们以后不能见面，那天我就想见她最后一面。

我提出送她回家，故意说忘记把车停在哪层了，在停车场绕了很久，但是绕路对我来说是幸福地散步。

她走了一会儿后，估计看出了我的小伎俩，打我的肩膀，笑着怪我："弟弟，别以为我不知道你在故意绕路。行了，想多和姐姐一起玩，那就这周末出来吃饭，我请你吃饭行了吧？"

那次吃饭后，我会常在午休时间给她送我做的甜品和便当，趁机聊天。这样持续了三个月，我能感觉出她越来越喜欢我，我做饭做得更起劲了。

后来我们约好去游乐园，玩得很开心。回来途中，我们坐下行扶梯，她站在前面一阶，扶梯开动，她一下比我矮了很多。她忽然回头说："我现在比你矮好多，好像你才是我哥。"

我说："是其他的也可以。"

她站上来，和我站在同一阶，牵我的手，问："是不是这种啊？"

我当时都傻了。

她又说："是不是男朋友啊？"

我真的……太爽了！

今天的我：
超开心~
超开心！
hhhhhhhhh
以后的我们：
超开心~

这是我们确定关系那天的聊天记录，她很可爱吧！

本来像我这种“钢铁男人”是不应该来这里说这些的，但她说过有时候睡前会刷你的微博。

如果她看到了一定很开心。

我想给她留个言：“早点睡，我会每天接你上下班。”

银河系搭车客指南

甜星球居民：搭车客小雨伞

上周晚上下班，在公交车上，当时车上人很多，我正在听*Always Together With You*。有人通过AirDrop（隔空投送）给我发了一份备忘录。

看到署名我鸡皮疙瘩都起来了！

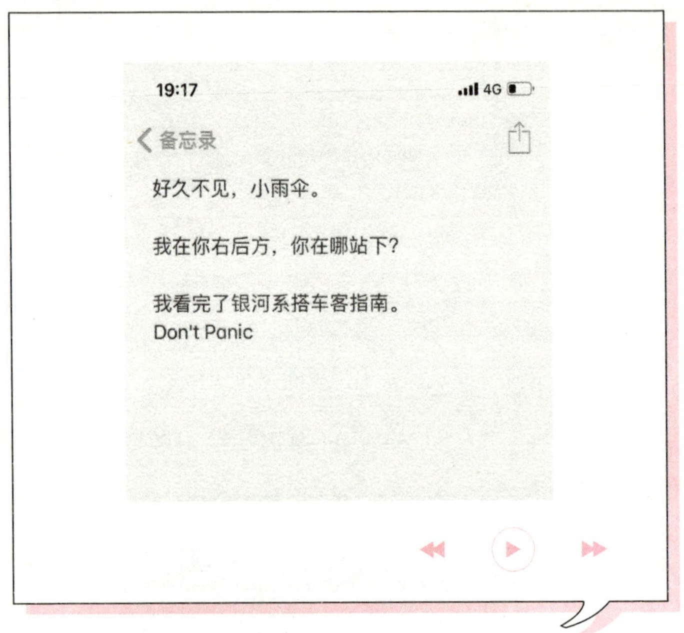

《银河系搭车客指南》是我以前推荐给一个男生看的书。我们是大学同学，那时候恋人未满，只差说破……后来他出国了，我因为误会而删掉了他。可我竟然在三年后的一个晚上收到了他的心意。

我扭头看见他，真的是一眼万年的感觉，拥挤的车好像是我们的“黄金之心”飞船。

后来我们下车聊了很久，打开心结，现在已经在一起了。

我AirDrop的名字是小雨伞。他给我取的昵称，也只有他知道。前一天我用AirDrop传图到平板电脑上，打开后忘关了，不然平时我都不开这个。他说他当时叫我了，我没听到，我们中间隔了几个人，他也不好走过来……

一切都是奇妙的注定吧。

这是他以前看书时写的一段话，还好我现在看到了。

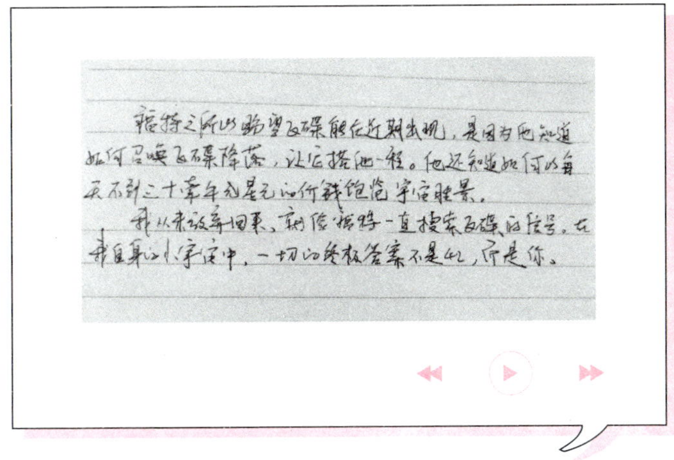

福特之所以盼望飞碟能在近期出现，是因为他知道如何召唤飞碟降落，让它搭他一程。他还知道如何以每天不到三十牵牛星元的价钱饱览宇宙胜景。

我从未放弃回来，就像福特一直搜索飞碟的信号。在我自身的小宇宙中，一切的终极答案不是42，而是你。

“福特之所以盼望飞碟能在近期出现，是因为他知道如何召唤飞碟降落，让它搭他一程。他还知道如何以每天不到三十牵牛星元的价钱饱览宇宙胜景。

我从未放弃回来，就像福特一直搜索飞碟的信号。在我自身的小宇宙中，一切的终极答案不是42，而是你。”

现在我们每天下班都会约着坐同一辆车，他也把车取名叫“黄金之心”。

我已乘坐黄金之心，编号 xxx
人不多，别着急
今天有高兴的事，在 xx 下车，我们去喝酒
好哇
泛银河系含漱爆破液？
hahaha
我已乘坐黄金之心，编号 xxx
收到！我正在等候！
拿好包，别着急
我已乘坐黄金之心，编号 xxx
带了小惊喜
期待

记忆中的海报

甜星球居民：逗逗

大三的五一劳动节， 我和他约好一起回家。他来我学校接我的时候，送了我一张电影《怦然心动》的海报。那段时间，我的朋友圈都是电影中那对青梅竹马的图，我特别喜欢那部电影。

但是我发现这张海报的四角有用图钉钉过的痕迹，我觉得很诧异。

他一开始吞吞吐吐的，不愿承认，后来终于跟我坦白。

五一劳动节之前，我们因为一些琐事（我现在已经想不起来具体什么事情了）闹别扭。当天下午，他和他的舍友在学校的书摊看到了《怦然心动》的海报，他知道我那段时间喜欢那部电影，下意识就买了，买完又想起我们还在冷战，所以就又回到书摊买了好几张其他的海报，然后跟他的舍友解释说“宿舍的海报太旧了，该换新的了”。

回了宿舍，他的舍友们一窝蜂地围上来分海报，隔壁宿舍的一个男生看上了《怦然心动》的海报，他想着我们在冷战，买了海报已经很没面子了，又看到那个知情的舍友一直看着他笑，就大手一挥将海报送给隔壁宿舍的男生了。

后来他在位子上坐了五六分钟，想了想那个书摊也没有《怦然心动》的海报了，而且我又经常跟他叨叨那部电影，他只能跑到隔壁宿舍，把人家已经钉在墙上的海报揭下来，给了饮料和另外两张海报作为补偿。

最后五一劳动节他来我学校接我的时候，我就拿到了那张“命运多舛”的海报。

我们俩幼儿园就认识了，但一直到高中才熟悉起来，他在我左手边坐了三年。高中毕业后我们去了不同的城市，但是一直保持着联系。

现在回想高中和大学的时候，特别是高中的时候，我们有过无数次争执，但是我都想不起原因了，可我记得每次闹矛盾之后，我们和好的方式。

如果是他的原因，他就会趁我在教室后排接水喝的时候，委屈巴巴地跟我说：“晚自习之前我陪XX打球，又没吃晚饭。”（因为我喜欢在书包里备点小面包之类的零食。）

然后我就气鼓鼓地把小面包扔给他，这时他就会顺势道歉。

如果是我的原因，他就会写张小字条：“虽然我不觉得我有做错什么，但是我愿意道个歉。”然后我就会在体育课下课前提前帮他把水杯里的水接满。

我们高中体育课都是自由活动，男生一般会打篮球，女生一般会回教室唠嗑。一下课，男生就会围在饮水机旁抢水喝，所以我每次都会提前帮他把水接满。

海报事件已经过去两年了，可是直到现在，我依然记得那个下午，他站在我宿舍楼下把海报递给我时，支支吾吾又有点害羞地解释的样子，我依然记得自己怦怦乱跳的心跳声。可是直到现在，我还是没有勇气问出那句“你是不是也一直偷偷喜欢我？”。

后续：

之前看了大家的评论，我很受鼓舞。

这周我们共同的朋友结婚，我旁敲侧击问了朋友好几次，确定他也会去。不管成功与否，我都想趁这次机会努力一下。

我拜托朋友在喜宴结束后安排他送我回家。

其实在整场婚宴上，我都超级紧张，因为我知道自己要干一件大事。

喜宴结束，朋友应我的请求，安排他顺路送我回家。

一路上，我都在心里默默组织语言。我们俩都没怎么说话。

我太紧张了，也没注意他走的那条路根本不是去我家的路——他直接带我去了我们的高中。到了学校门口，他让我陪他去学校走走。

这在我意料之外，但我心想，这个地方对我实行我的所求之事更有利，于是就跟着他下了车。

我们并排在学校里散步，彼此也不说话，后来我们去了我们读高三时的教室，坐在了我们当初坐的位子上。我在思考怎么开口的时候，他突然笑了一下，从口袋里掏出一个首饰盒。他说这是本来去年想送给我当毕业礼物的，但当时我们没有联系，他也没有送我礼物的立场，就一直没给我。

高中的时候，我们都很喜欢五月天，约好赚了钱要一起看他们的演唱会。

大三的暑假，我们知道五月天要去邻市开演唱会，地点离我们俩的大学都不算太远。于是他偷偷打了一暑假的工，买了两张演唱会的门票。当时我并不知道这些。

那个暑假，我家里发生了一些变故，我很无助，给他发消息，他总是很晚才回复，我内心是有点难过的，也就没跟他说我家里的变故，他自然也没跟我说他在偷偷打工。

大四开学没多久，他把五月天的演唱会门票快递给我，我立刻明白了他暑假忙碌的原因，同时也更加珍惜这段感情。我比以前更害怕我会因家庭的变故而拖累他。

当时，我隐隐约约猜到他会跟我表白，我既期待又有些害怕，期待他表白，害怕他不表白，更害怕我会拖累他，所以我就以学校有考试为由把门票寄还给了他，之后我们再也没有联系。

这是他当初要送我的小鹿。买完演唱会门票之后，他陪他舍友买周年礼物时，一眼就看中了这只小鹿，他一直喊我小鹿同学。

小学、初中时我们不熟，只偶尔在年级班干部开会时会见到。他总是会招手喊我小鹿同学，我一直以为他不记得我的名字，以为我姓陆。我自认为和他不熟，所以从未纠正过，只是笑笑算答应。

后来上高中，我们一个班，他坐我旁边，还是这么唤我。我皱着眉头纠正我的姓氏，我说："我并不姓陆呀，我们同学这么久，你都没记住吗？"

他说他知道，边说边在我的本子上写，说他唤的是"小鹿同学"。我问他："为什么，我长得像鹿吗？"

他说幼儿园中班的时候，六一表演节目，当时扮演小鹿的女孩子拉肚子，我被临时换上去，节目里有一个小鹿要跳起来的动作，我因为紧张和不熟悉，一下子摔在舞台上，特别狼狈。然后老师上台想抱我下去，我却咬着牙爬起来又跳了一下才肯跟着老师下舞台，跳得我头上戴的小鹿发箍都掉在了舞台上。

他说他当时是小主持人，对这一幕印象太深刻了，明明自己都要哭了，表演也失败了，还要犟着跳一下再下去。

所以后来他每次看到我就会想到小鹿，之后就一直喊我小鹿同学了。

哦，对了，最后说一句，我们在一起啦！

我给他看了大家的评论，他说他心存感激和爱意，谢谢这些素未谋面的网友的鼓励和温暖。

动人的十年夏日幻梦

甜星球居民：summer love

2009年6月，临近大一期末。

我喜欢他一个学期了，于是主动去要他的QQ号。

那时我用的是手机网页版QQ，每一次刷新都期待新消息提示后面的数值是“1”或者更多。

我们聊了半个多月，第一次一起吃饭，是在学校旁边的小饭馆。

他诚恳地说了自己的情况。他做过一次大手术，身体不太好，家里被那次手术拖垮。他不打算恋爱，怕拖累别人。

当时的我被喜欢冲昏了头脑，认为这些实际问题并不在我的考虑范围内。

我还是照旧找他聊天，他克制地在与我保持距离。

有一天，晚饭后，我们在操场坐着，不好意思看对方，两人眼睛瞟向附近绕圈跑的人。

他说他上学期就注意到我了，我总跟室友打打闹闹，每天都很开心的样子。

大胆的我却害羞起来，不知如何回答。

他说："如果一辆车很长时间不来，你还会一直等吗？那辆车不是不想来，它也许抛锚了，也许堵车了，你会一直等吗？"

我知道他就是那辆想来却不一定会来的车。我突然想哭，我只是喜欢他，想跟他在一起，为什么会有这些阻碍呢？

我鼓起勇气说我会等。

我们沉默了很久。我努力想找话题打破这尴尬的局面。我说到还有三天就放假，暑假也想和他用QQ聊天。

我眼前一黑，眼睛被他的手遮住，他亲了我的脸，大概有三秒，我的大脑空白了。操场的吵闹被风声掩盖。

他放下手，沉默了一会儿，我余光见他低头又抬头，始终不敢转过来，好像下了很大决心，说："这是我想和你好好在一起的意思。"

我很呆地问："我这是有男朋友了吗？"

他笑着说："嗯！身体可以慢慢调，但我不能让我喜欢的你等太久。"

之后的三年我得到了最快乐的恋爱。

2012年，我们大学毕业。我们彼此不能迁就，还是因为现实问题回到了自己的城市。无奈又和平的分手。

这几年，我只从朋友口中偶尔听到他的消息，他过得不错，我也替他开心。他是一个好人，我希望他过得好。

今年七月，我辞职来了上海。我年纪不小，从头开始是挺难的，不过我想体验新的人生，兴奋大于悲观。

八月初，我接到一个陌生电话，是他打的，他说他要来上海出差，问我有没有空见一面。我才知道他和我一样，这么多年在悄悄打听我的情况。

之后的每个周末，他都飞过来一次和我吃饭散步。他变得更好了，身体基本没问题了，以前我觉得他幼稚的地方，现在在他身上看不到了，他也老说我和以前一样乐观，不再是任性的小女孩了。我又心动了。

昨天不是周末，下班时，我却在公司门口见到了他。他说："我知道你压力大，一起吃吃饭，讲笑话缓解缓解。"

吃完饭，我们坐在楼下。我说创业实在辛苦，可是我不想一事无成地回去。突然我眼前又黑了，就像十年前的那个晚上一样，他亲了我的脸。

我百感交集，愣了一下，哭了出来。他拿开手蹲在我面前，小心地抹去我的眼泪。

他说："我现在有能力带你回家，有能力给你安乐的生活，但我知道你不是愿意在家享清福的人，你愿意创业我就陪你，以后不只是周末，只要你一声令下，我就过来。"

这次复合对我而言意义重大，我们这么多年没有找过其他伴侣，经历过很多事，也还是想和第一次爱的人在一起。

好像说得有点悲伤，其实我真的很幸福。

下午我收到他的信息——

今天累不？我在便利店买水的时候听到Your Summer Dream，惊喜。

我想到以前我们的夏天了，明年的夏天我就搬去上海，Make it real your summer dream（让你的夏日之梦成真）。

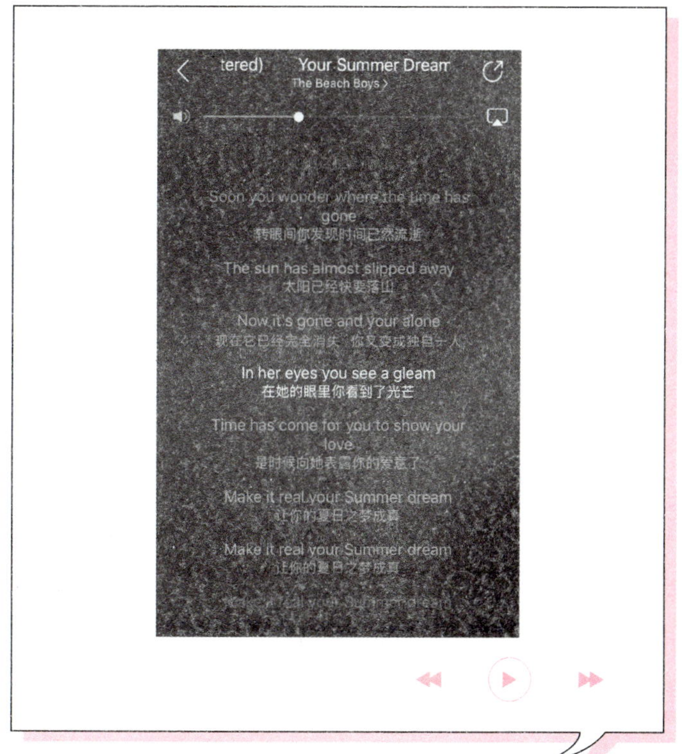

/ 甜星球
旅途愉快 /

双向暗恋刮刮乐

被错过的双向暗恋

甜星球居民：景致

01.

我之所以会和这个男孩子认识，是因为我们上了同一门电脑制图进修课。整堂课只有十个人，他坐在我的右手边。

那是我第一次学AI（人工智能），电脑界面是全英文的，加上电脑的系统是苹果操作系统，我学得一塌糊涂。

老师很专业，用词也很专业，所以我几乎一个词都听不懂，云里雾里的。

老师让我们用素材做图时，我连做图要求都听不懂，于是我就会去问他。

每一次他都超级有耐心。他会侧过身，把我的键盘和鼠标移过去，一边操作着我的鼠标，一边给我讲，每一次结束都会问我："懂了吗？"

然后他才转过身去做自己的作品。

他真温柔啊，而且还长着一副我很喜欢的面孔！

02.

曾经在某次聊天中，他问我最喜欢的动画片是什么，我说是《飞天小女警》，我从小看到大。他显得有些激动，他说他也喜欢，接着在我下一句话没有发出去的时候，他就说出他最喜欢的里面的人物是Bubbles。

在他这句话发过来之前，我的聊天框中，已经打好了"我最喜欢黄色的Bubbles了！"。

嘿，真巧！

后来有一天上课，我打开网页想偷看《飞天小女警》，但忘记关电脑音量了，所以在打开视频的那一刻，满教室的人都听得见"We Are Powerpuff Girls（我们是飞天小女警）"的声音。

我找了半天，没找到台式苹果电脑的音量关闭键，手忙脚乱之中，他伸手过来，帮我把声音关掉。他整个身子就俯在我面前，头发蹭过我的鼻翼。

然后我听见他扭过头去的时候，轻轻地笑了一声。

03.

我突然想起一个与阳光有关的画面。

那应该是我作为一个二十岁的单身人士，少女心最丰盛的画面。

我送过他一个熊猫挂件，挂件两元钱一个，网上一搜一大堆。

他收到的时候说他很喜欢，一定会好好爱护它。后来我还看到他在社交平台上发了熊猫挂件的照片。

我只当他是对国际友人的客套，所以略过了。

直到有一天，我在上课路上恰巧碰到他，他在我的前面大概十米远的地方。我看见他的书包上有一个点在发光。

我定睛一看，哦，原来是我送他的挂件，他挂在了书包上。

银色的挂件在阳光的照耀下发着光，一晃一晃地摇摆着，像极了我当时的心跳。

04.

因为他，我总觉得不能轻信学文学的男孩子，因为他们总能把三分情意讲述成十分，更何况是研究英国文学、熟背《莎士比亚十四行诗》的男孩子。

好像从某一天开始，等他晚上七点给我发消息成为我的一种习惯——他为我申请了微信号。

有一天，我和朋友出去过节，回寝室时已经是晚上十点。我打开微信，满屏幕都是他发来的消息，从一开始是常有的问候，到后面他就变得开始着急。

我回复他：我和朋友出去玩了。他居然回复我：真让人嫉妒。

后来回国后，我们半年都没有联系，过春节的时候，我在微信上给他发去消息，祝他节日快乐。

我真没想到他在线。

后来他说：只有这样，我才能确保你能随时找到我。

但我依旧迟钝。

或许是我误以为他本来就很能说情话。

05.

我心动的那一刻，说出来特别特别荒谬。

因为麦克卢汉——传播学的元老级人物。

我一直对麦克卢汉的“冷热媒介”情有独钟，但很少和人提起，因为我觉得聊天时讲这个会有些“装”。

那天晚上，他和我讲他最喜欢的书是《冰与火之歌》，他说他不喜欢改编的电视剧，因为这会把他看书的想象空间挤压了。

这恰好是麦克卢汉想要表达的，于是我很自然地发问：“你知道麦克卢汉吗？”

他说：“我很喜欢他的冷热媒介理论。”

真巧。

那一刻，我真的动心了。

06.

然后我越来越能看到他的优点。

他的专业是英国文学，他聊起莎士比亚时，侃侃而谈，在我还在为高文骑士的读后感发愁时，他已经完成了英国古典文学的鉴赏。

上大学后，他一直在打工，他在大学附近租了一间房子，交的所有房租和学费都来自他的打工费。

他在家里养了一只猫和一条狗。提起宠物时，他眼里发着光，说自己是有多幸运，才遇见了它们。

他家门前常徘徊着一只流浪猫，由于流浪猫没有跟他回家，他就喂它长大，后来流浪猫怀了宝宝，他就在门口安放了一个纸箱，让怀孕的流浪猫有地方住下。

他是这样优秀善良的男孩子。

07.

他是我真正意义上很喜欢很喜欢的男孩子。

我们每次聊天时，我话还没有发出去，他就已经把我想发的话发过来了。很多次，我话才说到一半，他就已经把我想要表达的下一句表达出来了。

我现在回想，还是觉得那些默契很让人动容。

08.

啊，像是我一厢情愿的故事。

故事是真的，别问结局。

因为没有结局。

我因为他，学会了跟遗憾和解，我遗憾于自己没有说出口的那句“喜欢你”。

我真是个胆小鬼。

我每次想起他，都会想起霍金的那段话——

美丽是遥远的相似性：“Science is beautiful when it makes simple explanations of phenomena or connections between different observations.”（当科学对现象或不同观察之间的联系做出简单的解释时，它就是美丽的。）

如果你穿越漫漫遥途，遇见与你相似的人，也很美丽了。

所以，我真心实意地喜欢过他！

09.

以上的八则都是我两年前写的。

为自己无疾而终的暗恋，我遗憾的仅仅是没有说出口的告白。

结果，在今年的夏天，我突然收到了他的告白。

原来当年，我们是双向暗恋。

但现在也不能这样了。

如果有下一次，我一定要勇敢一点。

10.

那天我说，其实我的朋友都看得懂中文，所以我大可不必用英语发社交平台的动态。

他说：“那以后你用英语发的内容就当是对我说的话。”

然后这段时间我下意识地都是用英语发的动态，还有我之前用英语发过的动态，即使是和他没有关系的，他也全部去点了赞。

我心动死了。

“When l look at your posts, it is as if the caption is in English,the post is for me.”（当我看到你的帖子，因为它的标题是英文，所以这条帖子是写给我的。）

11.

如果可以的话

如果可以的话，我想和你手拉手看夜色里的星空，海边的月亮格外圆你是知道的吧？况且如果运气好，看见流星，许愿也很不错。

我要在我家门后的那棵桃树下埋一壶酒，等你来做客的时候，用简陋的铲子挖出来请你喝酒；我要在我的悬崖上种满绚烂的风信子，每天做一个崭新的花冠，怀揣满心的欢喜送给你；我要带你去我的博物馆看海洋里的鱼，每次透过小圆孔窗户看过来，我独自一人，觉得未免孤独，可是如果你能来，在一片蓝色基调里，和我手拉手赏鱼，那就一定很浪漫了。

我要带你来我家做客，我才买了新的地毯，房间里的惊吓桃子玩具不知道会不会吓你一跳。

我的小岛是桃子岛哦，毛茸茸的桃子一大片一大片地磅礴生长，如果你要，我可以一股脑全部塞给你。海风来的时候，我可以请你去我沙滩旁的椰子树下坐坐，我在那里搭建了一个秋千。雨后的彩虹我也是想和你一起看的。

我没有种大头菜，但是也想去你的岛上问问大头菜的价格，假装买菜，可以和你打招呼。你的樱桃树，我也是想偷走几株的，虽然所有的樱桃，都比不上你晶莹剔透。

这样想想，我心中也很欢乐。

——玩动森时，想和喜欢的人一起做的事。

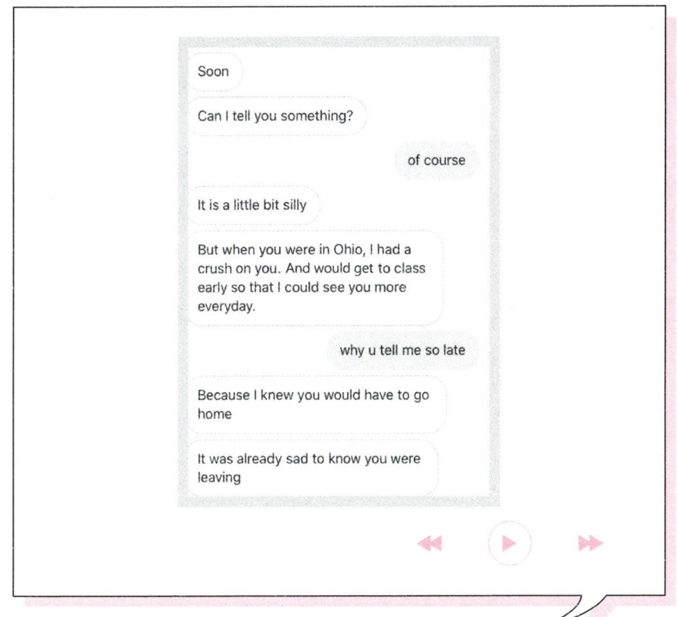

双向制造偶遇

甜星球居民：一起坐车

我真的很㞞，认识并暗恋隔壁公司的男生半年，还只是在制造偶遇的阶段。

上班买咖啡，我在店里故意等几分钟，就能看到他来；我算准午休去吃饭的时间，坐电梯就可以遇到他；下班时，我算好他坐公交车的时间，后来发现我们坐同一路车，只是他比我早下车。

偶遇多了，我们终于从客套打招呼到聊几句，再到加微信，只是我依然不太会开启话题。

我跟朋友聊天很正常，一旦换成他，隔着手机屏幕我都是小心翼翼的。我放不开自己，找话题一度变得困难。

今天我的心情很糟糕，我也不想再去制造偶遇，窝在工位没出去。

他发来消息：

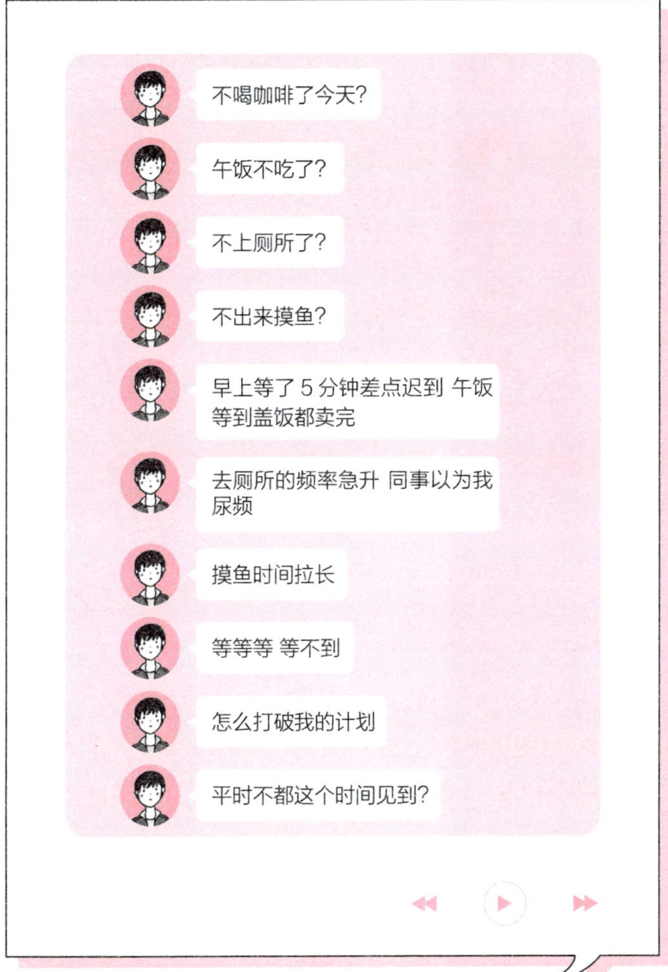
不喝咖啡了今天?
午饭不吃了?
不上厕所了?
不出来摸鱼?
早上等了 5 分钟差点迟到 午饭等到盖饭都卖完
去厕所的频率急升 同事以为我尿频
摸鱼时间拉长
等等等 等不到
怎么打破我的计划
平时不都这个时间见到?

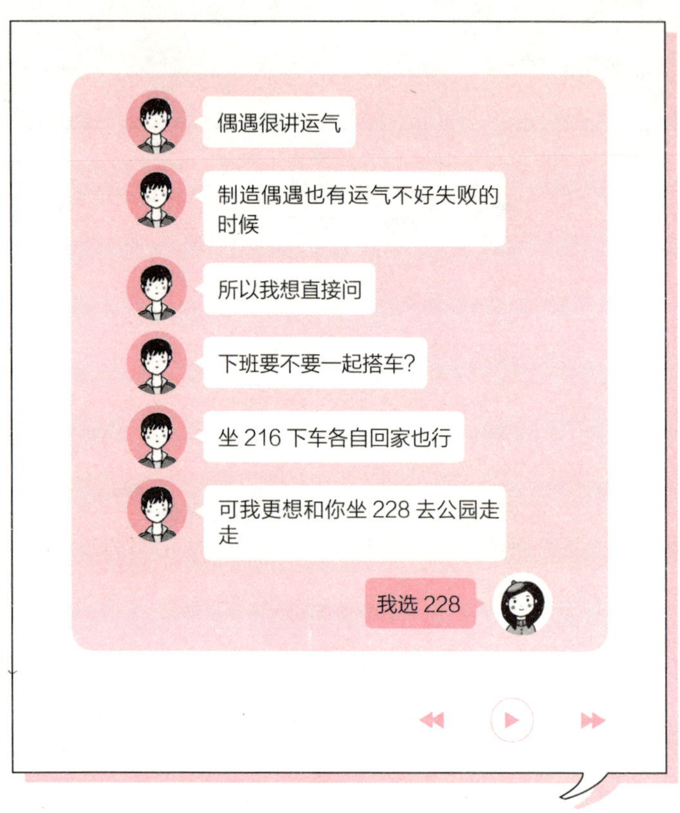

晚上我们聊了很久，这是我们第一次聊这么多，两人反而很放松，没有那么局促。他很好，我们敞开心扉表达心意也很好。

我知道了很多事，知道不是我单方面在花心思，特开心！

他说他明天给我带早餐，和我一起吃午饭、一起坐车。

我们达成一致，先多约会多相处，多了解对方。其实我已经开始期待真正表白的时候了。

反差型选手

甜星球居民：俩宁和77

我现在谈的这段恋爱太神奇了，想跟大家分享一下。

我和我男朋友曾经是同校同学，我们在不同的班级，三年生活几乎零交集。

他算是我们学校的校草，身高一米八七，是球队主力，半个年级的女孩都会去看他打球。同时他还担任着他们班的班长，平时歌手大赛、辩论会之类的活动他也一项不落，属于全能型选手。

三年里，加他微信的学姐学妹少说也有二三十个，但他一向以“直男”形象示人，很少跟女孩聊天。我总陪着不同的女孩去看他训练，甚至会找他的兄弟打听他的消息。

关注他的女孩有很多，长得漂亮的、性格好的、成绩好的……他都一律拒绝，所以全年级的女孩对他的理想型都摸不清楚，甚至一度怀疑他的性取向。因为他过于低调，几乎没有关系好的女生，我们给他起了外号叫“宝藏男孩”。

临近考试前二十多天，疫情原因导致考试延迟，所有人都硬压着心浮气躁，在最后一个月里煎熬着。学校要求班长负责毕业纪念册事宜，我在群里悄悄加了他的微信。他很官方地跟我打了招呼，寒暄了几句就结束了聊天。第三天，他开始没话找话地问我什么时候学习、什么时候睡觉，甚至发了一篇小作文给我，劝我早睡。第四天，我们聊到凌晨两点半。第五天、第六天，他开始每晚准时哄我睡觉。

就这样，我们互相鼓励着，直到考试结束。在毕业典礼彩排的那天，他捧着玫瑰花红着脸跟我表白。我太紧张了，紧张得什么话都没说，拉着他的手像小孩一样笑了笑。

在一起后，我才发现他根本不是个酷男孩。他说分完班后，看到我坐在那个教室角落，就觉得那个角落都在发光。运动会发现我在旁边看着，他忍着膝盖脚踝的两处伤，完成了跳高比赛。班级篮球赛的时候，看到我关心受伤的同班男生，他打红了眼疯狂进球，最后班里得了四十多分，他独占三十分。他说在走廊里会故意跟我走在一起；上学路上他骑车也会慢一点，就是为了跟我一起进校门。我们搭档选优秀干部唱票的时候，他紧张得一直抖。他偷偷看我的社交平台，一边在手机上看一边在电脑上删记录，生怕被我发现。他总说我是仙女下凡，我在他最痛苦、最煎熬的时候给他带来了心安和快乐，让他能顺顺利利地度过那段迷茫的日子和人生低谷。他说，三年了，他终于没错过我。我问他为什么不早来认识我，他说因为他太在乎了，太怕失去了。

毕业典礼当天，我穿的高跟鞋突然磨脚，上台主持前一分钟，他拿着创可贴赶到现场，蹲在地上给我贴。跟他吃饭的时候，不管周围有多少人，我从来都不需要自己夹菜。他总不顾别人的看法，眼里只有我。我陪他回学校训练，他带着弟弟们打球的时候，总是过来跟我要水喝，坐在我身边问我可不可以亲亲，或者若无其事地拉我起来，跟我说“你看那里的天上有彩虹”。他兄弟都说他是“媳妇迷”，他总是一边笑一边看着我。为了我，他放弃了去更好的学校，他把我们的照片拿给他爸爸妈妈看，他的手机锁屏壁纸甚至手机壳上都是我的照片。他给了我从没体会过的安全感。

我问他：“你之前没恋爱过，怎么这么会讨我开心？”他说：“在爱你这件事上，我天赋异禀。”

现在我们在不同的学校，每天为了同一件事而努力。他每天戴着我送给他的小蝴蝶结发圈，像以前一样拒绝着各种各样的女孩。

有什么比发现自己的男神在暗恋自己还要神奇的事?

我跟他说我们给他起了外号的事，他揉揉我的头发，说：“我藏得那么好，还是被你找到了，以后你要继续发现惊喜啊。”

毕业旅行的心动

甜星球居民：甜小酌

高三毕业那年，我和他还有几个好朋友，一共五个人去毕业旅行。

我们去了成都。

我们住的是复式民宿，每天晚上大家都会一起在民宿的一楼小客厅看电影，那天晚上看的是惊悚片，窗帘被拉得严严实实，整个客厅只有投影仪射出来的幽光。

我看不了这种片子，受不了那个氛围，很怕，就拿了瓶酸奶悄悄地上了二楼的露台。

露台上有两个高脚凳，中间放着小圆桌。我对着街景的方向坐着，感受着夏天夜晚的热风，满脑子都是刚才他看电影时认真的侧脸，我很喜欢。

大概过了几分钟吧，我身后的门被滑开，发出的声音很轻很轻，室内的冷气冲出来一点，当时刚刚看了一点惊悚片的我真的被吓死了，不敢回头。

之后，我旁边的高脚凳上有人坐下，我转头看，是他！

那个场景我可以记一辈子。明明暗暗的光打在他的身上，他穿着白T恤黑裤子，脚上是白拖鞋，一身运动系的打扮，手里还拿着两罐啤酒。

我看不太清楚他的表情，但是能感受到他那种清冷的温柔。

然后我就愣了一下，回过头，继续看外面的车水马龙，强装镇定，不敢说话。我们五人圈里有三个男生，我和另外两个都处得像哥们儿，唯独跟他客客气气的，可能是对他有点敬畏吧。

他先说了话："怎么不看了？"

"嗯，有点怕。"

我听到他闷声笑了一下。

他可能看到了圆桌上的酸奶，说："毕业旅行，别喝酸奶了，尝试一下这个。"他把啤酒拉环拉开，递给我一罐。

我过去十七年没碰过一滴酒，真没想到自己的酒量会差成那样。

他轻轻碰了碰我的那罐酒，说恭喜长大，自己就先喝了一口。我心跳真的快，没喝酒都有种上头的感觉，也忘记了回他话，就一口接一口地喝酒平复心情，结果我喝得晕乎乎的，脑袋转得很慢，可能脸颊也红了吧，感觉脸颊热热的，口有点渴。

我当时脱口而出说："渴。"然后我转过身子，对着他坐，他正对着我，看得很专注。后来回想起来，他应该从进来开始就一直在看着我。

他突然站起身，走过来，把我框在他和小椅背的中间，说："做我女朋友吗？有水喝。"

（想象一下脑袋里面放礼炮的感觉。）

我也没有分清这两者之间的关系，只是本能地点了点头。暗恋两年的男生跟你表白，你有理由不答应吗！

据他说，我当时动作迟缓，眼神很呆，完全像被他骗到手的。

然后，他直接按住我的后脑勺亲我，先浅浅地碰了碰我的唇，低声问可不可以，我又点了下头……

大概过了几分钟，他抬起头看着我，一脸笑，说："还渴吗？"

我……成都之行我什么印象都没有了，唯一的印象就是他和露台上那个带着晚风和酒香的吻。

其实我当时除了感到开心，还有点想哭。

第二天早上，我还睡得迷迷糊糊的，听到外面很吵，应该是其余三个人都察觉到了不对劲，毕竟电影才放个开头，我和他双双玩消失。

有个朋友特兴奋，大概说他是老油条什么都问不出，要等我起来了，好好拷问一番。

听到这话，我就清醒了，嘿嘿嘿，有点害羞，还在想该怎么应付。

然后我就听到他讲话。他说的话我记得很清楚。

他说："我家小朋友，你们悠着点，等了三年，别给吓跑了。"

他们很吵，一直起哄，也是为我们开心。

后来在回程的飞机上我问他：“你不是跟我说‘恭喜长大’吗？怎么还叫我小朋友？”

他看着舱外的大片蓝色，超级认真地来了一句：“你永远是我的小朋友。”

飞机正好穿过云层，我的心却好像一直停在朵朵白云之间，起伏不定。

直到他转头看着我笑问：“你听见了吗？”我才回过神。

嗯，他逆光的耳尖都是粉红色的，我平稳的心跳咚地漏了一拍。

一切都是真的。

2019.2.23

可是，我们分手了。

我们因为未来的选择问题发生了分歧，赌着气不跟对方讲话，赌气的过程中产生了误会，然后就那么不明不白地分开了。我们是这么分手的。

今年的九月中旬，一天半夜，朋友告诉我絮絮在寻找原作者，想让原作者授权这个故事。这是什么感觉呢？就是我在所有社交网站上伪装开心，可一点点与他相关的事情都能牵动我的全部情绪。我去看了曾经的聊天记录，像拉开了发着光的抽屉，坐上了时光机，大半夜的在进行一场浪漫的时光穿梭，刻意不去想的那些快乐回忆以摧枯拉朽之势占据了我的心神。

明明我对他所有喜欢的感觉都还在啊。

2021年9月，因为这本书出版的事情，我和他恢复了联系。

然后，我们开始了时长一个月的跨越时差的口是心非，以及各种小心翼翼的试探。

2021.9.16

昨天，我终于把稿子整理好准备发给絮絮，可是私心想要先给他看看，就给他发了文档，并附上一句话：我改好了，给我故事里的男主角看看。

半个多小时之后他回消息了。

（然后他拨了一个视频通话过来，可是我在上班，就忍痛点了挂断。）

我：我在上班。

他：你出去十分钟，我有话跟你说。

（过了大概有两三分钟吧，我还在考虑。）

他：可以吗？乖。

我：那，那就十分钟哦！

（其实我也好想看看会动的他！）

视频接通了。

我坐在写字楼的楼梯间，他懒懒地倚在校道的路灯下，我看着他额前的发丝跟着风晃了晃，又软软地垂下去，心想，他真可爱。我俩就这么看了两分钟，然后同时开口。

他说："你别笑了，笑得我心痒痒。"

我说："你的头发长长了，看起来好乖。"

他用一副"对面这人真逗"的那种表情看着我，哼笑了一声："我看起来乖？"他额前的头发在跟着抖。

前面几分钟，我们谁都没有聊彼此的关系，他一直乐呵呵地致力于找到我这半年的变化，我就一直看着他的眼睛，有一搭没一搭地回应。

直到我的耳机里传来一句："你好好看。"

话题出现转折，我还在想要怎样掩盖自己变快的心跳，压住迸发的窃喜和一点可以忽略的难过，坦然地回应这句夸赞时，耳机里又传出了他的声音。

“看见你说‘故事里的男主角’，莫名其妙憋了一肚子委屈，我不想要这个头衔。

“我喜欢你，这喜欢一点没比以前少，还在这分开的时间里进行了有丝分裂。

“我想做你的男主角，我不要故事，只要是你。”

我看着他有一点紧张的样子，压抑着自己想哭着点头的冲动问：“这不是因为你半夜独自一人走在异国他乡，在路上看见了曾经的回忆后的冲动吗？”

“不是。”

我说：“我们当初的问题还是存在的，我能想清楚，你想清楚了吗？”

“深思熟虑。”

“XX，”我叫了他的名字，“我在改稿子的时候，也在想，这人怎么就变成了我故事里的男主角了呢？我好难过呀。”

“你别哭。”他说。

我没理他，继续说自己的：“我最遗憾的时候不是毕业之后一个人在陌生城市感受到孤独的时候，而是前几天我看见了很好看的彩虹月亮，却不能拍下来坦然地跟你分享并告诉你我好想你的时候。”

我揉了揉眼睛，快速地说了一句：“我也还是好喜欢你。十分钟到了，我先回去啦。”然后我挂断了视频。

通话时长：10′ 11″。

回到座位上之后，我工作特别忙，在间隙跟他说了一声让他快点睡觉后，就开始埋头画图。可能这就是“打工人”吧，明明既想笑又想哭，但还是得压抑情绪先把工作完成。

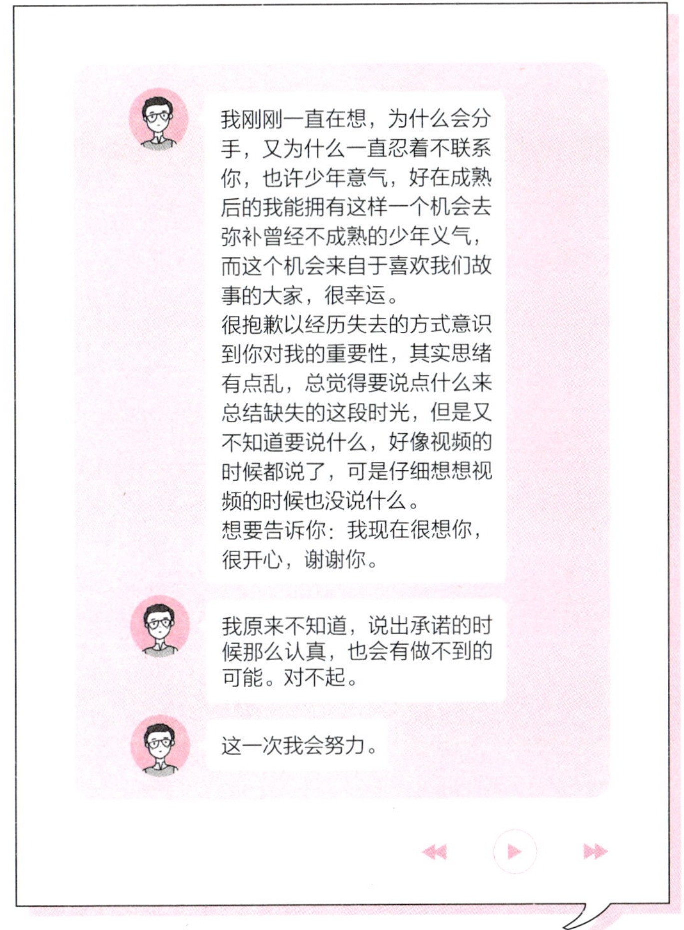

2021.10.21

2017年8月，我们因毕业旅行在一起。

2019年2月，我向絮絮投稿。

2021年4月，我们分手。

2021年10月，我们复合。

也许这就是我们与这本书特殊的缘分吧。谢谢絮絮，谢谢@抓个啾啾在微博评论区提名我们的故事，谢谢喜欢这个故事的你们，也谢谢勇敢的我和他，所有的这些才让我们错过又遇见。

这些喜欢是从天而降的礼物，是皱纸复原的契机。

深吸一口气，空气都是甜甜的，浪漫又奇妙。

Happy Trip

To Sweet Planet

／甜星球

旅途愉快／

/ 我们为什么想恋爱 /

▼

▲

给生活刷新色彩的人

甜星球居民：冰山史诗

第一次遇到他，是我复学后读大二的第二个学期初。之前，我因为患有狂躁抑郁症（下面简称躁郁症），生活无法自理，住了很久的院，所以休学了一年。在休学过程中，我当时的男朋友对我的贬低加重了我的抑郁，他热衷于承诺却从不兑现，最后因为我休学而出轨他人。这对我造成了很大的伤害，导致我整个人对恋爱中的那些承诺和甜言蜜语产生了很强的抵触心理。

复学后，我的病没有完全好，但我至少可以生活自理，可我整个人还是处于对外界很麻木的状态。

这种状态发生转发全因为无意中遇见了他。那段时间我胃口不好，每天都在学校的便利店买饭团或包子随意就餐。一天中午，我在等待饭团加热的时候，他正在包子柜前点包子吃。

当时我只看得到他的侧后脸，但心跳就突然漏了一拍，然后我就站在他后面一直盯着他看。（我们认识以后，他跟我说他当时感觉有人一直在看着他，但他不敢回头看。）

我冲动地记录了观察到的他的一切，将找人信息发到了学校的求助墙（表白墙）上。之前，这种墙上大部分的找人信息一般都会附上偷拍的照片，但我觉得不太礼貌，所以当时没有拍照。不过说实话，没有照片也就意味着我找到人的概率更小了。

当时我发的内容如下：我想寻找三月四日中午十二点左右在博园旁的罗森买包子的一个男生。可能因为近视又没有戴眼镜，他需要凑得很近去看各类包子的名称。他想买菌菇包，但店员回复“卖完了”。不知道他带有哪里（可能是广东）的口音，说“包子”两个字的时候，他超可爱。他的头发很短，眼睛很大，背着卡其色双肩包，穿的外套似乎也是同色系。当时我就站在放包子的玻璃柜旁等饭团加热，所以离他非常近，一直看着他，一瞬间我就有了被吸引的感觉。

没想到，这条信息会被他的朋友看到，他朋友觉得这描述得很像他，就联系了他，他也惊讶地回复说应该就是他。于是，他朋友就把他的联系方式给了我。

刚加上他的时候我不知道该怎样跟他聊天，我也从来没有过这样的经历，甚至很后悔自己为什么会一时冲动去找人。我想，做自我介绍也太僵硬了，强行问他爱好啊生活习惯之类的也感觉很冒犯。于是，跟他打完招呼以后，我就干脆假定他已经是我朋友了，隔三岔五地给他分享一些在学校里看到的有趣景致：路上的小动物啊，拥有像行星纹路一样的卵石啊，早晨树林里的日出啊，放课后的晚霞这一类，或者是当天上课或自习时发生的小事。

一开始他回得不是很勤，但也会一条条认真地回复，会让人感觉到他是有很认真地在看我的消息的。过了两三天，他也开始跟我分享他看到的东西或经历的小事了，甚至还给我发了一张他打篮球赛时的相片。慢慢地，我们就像朋友一样很自然地聊了起来。

我自己有个习惯，在外面买东西时如果看到有什么觉得挚友会喜欢的，就会买下来送给对方，但过各种节日的时候，我反而不会特意去送礼。

有一天，我逛完超市，看到了一家很不错的花店，顺手给喜欢花的挚友带了两支后，突然也想给他带支花。因为我跟他只能算是没有正式见过面的朋友，所以没有挑什么玫瑰之类表意明确的花，只挑了一支白色的桔梗花。

回来的路上，我给他传信息说我顺手买了支很好看的花想带给他。因为在前些天的交流中，他说过自己性格很害羞，所以我没有说要见面给他，而是说我会将花藏在他自习的教学楼附近，要他“寻宝”。

那次以后，我们就开始了“藏宝、寻宝”的活动。每次，当我们自己在买东西的时候，也会想着给对方买，然后将东西藏在校园的某个角落，拍个照让对方来找。我整个人仿佛重生了，不再像以前一样总是麻木又冷漠地一个人走路、上课、自习、吃饭。我觉得他的性格好可爱，很多时候，收到他的消息，哪怕走在路上也会边走边笑。

认识他两个多月后，有一回，我和挚友一起买了咖啡边散步边聊天，我讲到他时，挚友甚至说感觉我最近整个人都明朗起来了，看上去好像有数不完的开心事。确实，如果在平凡的生活里，总有一个人在为你制造小惊喜，你也总是惦念着为对方制造小惊喜，哪怕再普通的日子也会被这些小小的快乐照亮。

这样的日子过了大半年，我们终于在一起了。回想起之前彼此用心为对方准备惊喜的日子，我还是会觉得很美好很珍贵。

现在我们已经是准大四生了。我是那种如果我们之间出现问题，就会平心静气与他交流的人，而他虽然有时候会更小孩子气一点，但还是会很乖很认真地听我讲，然后我们会一起分析解决问题的方法。所以，我们虽然会时不时有一些小矛盾，但从未吵过架。

认识他以后到现在，我自己的躁郁症已经好了很多，抑郁期不像以前那么漫长了。我的急性焦虑症偶尔会发作，但自己也不会再像以前那么手足无措，也更能够好好地等待它的结束。

我有一种人生终于回到正轨的感觉。

如果你一直相信爱情，那爱情就一定会发生

甜星球居民：阿菲

五月初，我报了个街舞学习班，想在工作之余打发时间。月中的时候，班上出现了一个我从来没见过的男孩，听人说他是附近学校的大学生。

他很引人注目，看起来特别干净。当时我内心有小小的悸动，我的直觉告诉我他对我也有感觉。

有一次周六，我下午去舞蹈室，下午六点多他匆匆忙忙地过来了，我佯装随意地问："你来得好晚哦。"

他说："我刚刚去考试了，考完试就赶快过来了。我想和你一起跳舞。"

当时我的心要蹦出来了。

那时，我们没有对方任何的联系方式，于是我每天在微博写下只有自己可见的话：XX（他的名字）今天要我微信了吗？没有。

我们只有一起练舞时才会见到，但没有聊过任何私人话题。

这些内心的小秘密我写了五天，第五天的时候，我们又在舞蹈室见面了，他拿着手机径直朝我走过来："你的电话号码是什么？"

我颤抖着接过他的手机按下了自己的电话号码。

后来我问他，当时为什么不要我的微信，而是要我的电话，他说："现在人人都要微信，加一个人的微信太容易，删掉一个人的微信也太容易。记住一个人的电话，才有意义。"

当天晚上，他就给我打了一个多小时的电话，我全程咧着嘴笑。那天晚上，我们都没表白，但我知道，我要谈恋爱了。

第二天，我们约好去乘坐我们城市刚刚开通的地铁。我们一路聊天，我问他怎么看待姐弟恋。他说："爱情和年龄没有关系，我现在很喜欢一个女孩，她比我年龄大，但是，我好喜欢她。我会好好保护她。"他说的时候一直看着我的眼睛，我差点流泪。

我轻轻地给他一个拥抱，他拉起我的手。我们在一起了。

对了，我三十四岁，他二十二岁。我想告诉所有的女孩，如果你一直相信爱情，那它一定会发生。

过几天我生日，我知道男朋友一直在想送我什么，我主动提出想要金子做的转运珠，一来我可以一直戴着，二来这价格他可以承受，不会觉得为难。

于是他给我发了这个。看到这些信息，我瞬间就忍不住哭了。请大家一定要相信，那个爱你的人在等你。无论结果怎样，这段恋爱好甜。

我这个提议怎么样
很好
嘿嘿
下次我要给你买
我想送你的东西
这次也可以
等我有钱了

美妙的春日恋爱

甜星球居民：布谷鸟

夏早早地来，你迟了半步，诚诚恳恳

背后的沉默，凝固了一个季节的雨水

我无限哀伤，试着破解那束光的秘密

丈量脚下的荒芜，破碎得无人能抵达

风掩埋矫情的气息，一吹就变了模样

春分过了，原来是光明越来越长了啊

——— From 2019年3月23日 To遥远的以后 ———

我读大二了。几天前，我发现我们专业有个木讷可爱的男孩存在。他很神秘，让人捉摸不透。刚开始聊天的时候，我们的想法大相径庭。

1.

我：今天我上课戴耳机背单词，老师就骂我。

他：他以前说过不能戴耳机，下次别犯就是了。

我：你这样好像是英语老师在教育我！

他：没有吧？

2.

我：我看电影去了。

他：嗯，好。

（看完后）

我：你长得好像黄轩哦。

他：哪都不像。

我：你就是自我认知不准确，多照照镜子。

（几分钟后）

他：电影好看吗？

我：镜子好照吗？

他：什么？

我：我就是逗逗你。

他：还没人这样逗过我，我不懂。

3.

他：我要去做作业了。

我：哪有那么多作业可做？你不想说了，就说去做作业了。

他：不是的，我要画画。

我：你画完给我欣赏一下。

他：我画得不好，没什么好看的。

4.

我：哈哈哈哈哈，你好搞笑哦！

他：我没搞笑。

5.

我：你太傻了，脑袋可以转个弯吗？

他：好吧，我会记住的。

每当我进教室的时候，他都会睁着单眼皮大眼可爱地望着我，目不转睛。昨天我没去早读，他就问我好朋友“你一个人吗？”，我好朋友告诉我后，我从床上一跃而起。

2019.3.23

那天我鼓起勇气约他去看电影，他答应了。我们出去的时候，地都是湿的，雨几乎没怎么下了。看完电影后，他带我去了一座桥上，桥上几乎没什么人，我们爬到边上去走，桥有点高，他拉我上去的，上去的时候需要略微保持平衡。他走在我后面，走着走着，他突然叫了我一声，我回头看到他蹲在那里，而我自己一股脑走了好远，有种又被他捉弄了的感觉。

这座桥左边是机动车道，在我们学校就可以看到的。桥的后边还有火车轨道，但今天我们没有看到火车，他说下次来的时候可以去轨道那边玩，拍好看的照片。我说要黄昏的时候来最好。我们就蹲在那里聊天，他说不知道以后自己干什么，还问我有什么梦想。他好可爱哦。我说他以后可以开个人画展。他说他也想那么自由。

他知道学校附近好多神奇的地方，他说他经常一个人出来转，一转就是几个小时。我们站在桥上面看风景，周围好安静啊，旁边有铁丝网，他跟我讲那个网的影子投在我脸上好好看，问我要不要拍照。

我们估计在那个桥上待了半个多小时，然后就慢慢走回了学校。他走得比我快，每次我落后一点点的时候，他就会突然停下来等我，然后说：“我按你的速度走。”

我们是走大门进入学校的。大门那边有个特别大的草坪，他说那里的草特别软，我们可以一起去踩踩，然后我们就在那兜了几圈。开始下小雨了，我们开始慢慢走回去了。我有点累。他说：“你怎么突然走得这么慢？不过你想慢一点也可以，如果你不介意淋雨的话。”

在下小雨，他走着走着就不走了。他用手挡住额头，抬头看路灯下哗哗的雨。他说："这样特别好看，你可以看到吗？"

我们在宿舍楼下告别之后，我说："拜拜，明天见。"他就笑了，回头说："明天见。"

之后就下起了暴雨，一切都像是命中注定。

我觉得他的生活里是充满浪漫和幻想的，他只不过是不太会讲话而已。他不会刻意地看我，但我看着他的时候，他一定会看我，很温柔地看我。

2019.4.1

今晚我的心情有点不好，他可能看出来了，问我他是不是做错了什么。我说没有，只是心烦。他说要来找我，问我愿不愿意跟他去顶楼的天台吹吹风。今晚风很舒服，我们就去了。

到了之后，我们谁也没有讲话，我们都盘腿坐下，沉默了好久好久。过一会儿他说他想问我个问题，我让他问，他支支吾吾了很久，问我有没有谈过恋爱。我反问他，他说他没有，说他宿舍的室友谈论起前女友的时候，都会有点看不起他，觉得他很傻。他问我，是不是谈过很多恋爱的女孩都会觉得男孩很无所谓，我说不会。他问我有没有谈过恋爱，我回答这不重要，他说他其实挺喜欢我的。可能这段对话长达十分钟，中间他又是垂头又是捂脸，说了一半又咽回去，不断叹气，吞吞吐吐半天，才说出这些。

他说这几天他都睡不好觉，也没有胃口吃饭。我问为什么，他说因为我在外面玩，不能见到我，他就会一直想。他以前睡觉前也会想很多事情，但最近都在想我，他已经很努力地在克服了。他还说昨天他实在憋不住了不知道找谁讲，就跟他姐说了，问她怎么办，因为他确实很无助，以前没有过这种感觉。他问我周日晚上几点回的宿舍，他那晚就站在天台上吹风，一直盯着我们女生宿舍大门，看了好久好久，但一直没见我回去，他挺难过的。

我问他是什么时候开始喜欢我的，他说就是那天因为那个师姐闹脾气的时候，见到我发的那几句话，他发现自己很难受，也不知道为什么，然后他开始确信自己是真的很喜欢我。

他一直跟我讲他很紧张，我开玩笑说："你紧张什么啊，我有那么可怕吗？"他说："和喜欢的人靠这么近我能不紧张吗？"他还不敢看我的眼睛，说害怕跟我对视，一看就会慌。然后他开始特别傻地拍胸，就像在很认真地克服紧张的情绪，过一会儿还专门跟我说他好一点了，但还是有点紧张。他全程都趴在那个栏杆上，支支吾吾，时不时会看我一眼。他眼神很清澈，眼里都是爱意，人又很害羞。我站在那些水管上，比他高出一头，风特别大，把我的头发吹得很乱，我就一直看着他，就像电影里一样。

前一个小时，几乎一直是他在讲，后来我问他想不想听我说，他说想听，但不敢。我问为什么，他说怕我们的关系会变糟，如果能一直像现在这样也很好，他不敢奢求其余的什么。于是我开始跟他讲，我那天生气就是因为我在意，他就笑得特别开心，之前的恐慌和惧怕都没了，他点头说他明白了。我接着说，不然我也不会跟他来这里，也不会让他陪我去看电影。他说他不知道我为什么会喜欢他，觉得我比他优秀太多了，他配不上我。我开始讲我是如何被他吸引的，说那天上课，我们两排的人都在有说有笑，只有他一个人坐在旁边安静地看着我们，我觉得他特别干净，又很神秘。反正他听得挺开心的，他也挺没有自信。

我问他会不会一直喜欢我，会不会明天就喜欢别人了。他变得好严肃，说不可能，他才没那么花心，还对我发誓。他还说，有的人说他“直男”，他都不知道“直男”是什么意思。我就慢慢给他解释，然后他说好费大脑，以后自己要努力。其实在对话的过程中，每当我提到什么他并没有做到的点时，比如我上次因为什么生气他却没察觉，他都会说：“我改，我可以改的，真的。我以前想改什么都改得好快的。”我说：“不用为了别人去改变什么，我也没有不相信你，你做自己就好啦，你会慢慢了解我的。”

他说他想一辈子只谈一次恋爱，我问：“你想过永远吗？”他说：“我想过，别人都说不可能，但别人越这样说，我就越要这样。”他拼命试探我，问我会不会介意男孩健身，因为他听说有的女孩不喜欢这样的，过会儿他又问我介不介意这个介不介意那个。我看着他说：“你怕的这些，在我这里什么也不是。”

其实我们都只是互相表达了爱意，并没有说要不要在一起之类的话。他还喃喃自语：“啊，我这喜欢会不会来得太快了啊？”后来他也有意识到我不想发展这么快，我们也不了解对方，见面话都没说过多少，突然就这么在一起挺奇怪的。他想尊重我的想法，先暂时这样下去，不那么快在一起。

我觉得他一点也不傻。他很喜欢观察，他的所有感情经验都来源于身边朋友的案例，并且他会从中分析女孩喜欢什么、介意什么，然后用这些来试探我，我说我都不介意的时候，他就会很开心，嚷嚷说“真不懂现在的那些女孩子是怎么想的”。他还说他觉得我太特别了，我什么样子都有，可以随时转换。他认识的女孩子要么是可爱开朗的，要么就是内敛文静的。他说：“从来没遇到过你这样的女孩，这是第一次遇到，感觉世界上不会再有第二个了。”

他说他以前对女孩也有过感觉，但从来没有这么喜欢过一个人，不知道该怎么办。前段时间他还以为自己的心脏出了问题，后来发现没出问题，是因为喜欢我才会心跳加快。他说他用过很多方法测验自己是不是确实喜欢我，然后发现自己真的喜欢上我了，这种感觉还挺好的。

他提了好几次没有星星，说昨晚还有的。我当时满脑子都是苏州河插曲里的那句“没有星星，没有灯”。后来，我看了下手机，还有七分钟到十二点了，我问他想不想走。他说：“我不想，但我觉得应该让你睡觉了。”我说：“我们十二点就走吧。”十一点五十九分的时候，我说：“只有一分钟了。”他说：“不会吧？这么快，我心里的数还没到呢。”我说：“你还在心里默数啊，那你怎么组织语言和我讲话？”他说：“啊……我也不知道。”我问他需不需要仪式感，比如用某种形式特殊地对待某个人，以此凸显重要性。他说他听不懂我在说什么。我跟他直白解释以后，他就特别激动地说：“有啊！你是我的星标好友！虽然我也不知那个有什么用，我还期望你发消息来会有特别的声音，结果什么也没有，微信真烦。”这听起来像是小男孩的失望和怄气。

2019.4.8

今夜是我经历过的最浪漫的一晚，没有之一。

他应该已经睡着了吧？我要一个字一个字把这个重要的夜晚记下来，我记性不好，怕以后忘了。记下来了，我就安心了。只有这样，它们才像是真正存在过。

傍晚七点，风把门吹得哐当响，雨大颗大颗的，树摇啊摇。我们在学校里听雷声、看闪电。我们意外地发现了一个小天台，天台上没有灯，很黑很黑。天台上有两面涂鸦墙，我打开手机电筒，将光影投在墙上，雨珠顺着墙面往下滑落，墙上写着“生日快乐”，字体的颜色很喜庆，周围有些可爱的涂鸦。旁边有几行字：等到你爱的人生日的时候，你可以带他/她来这里，用粉笔在旁边写上他/她的名字。

我们往天台的角落走，他撑伞，雨时不时会飘进来，雷声时不时会响起，但我们谁也不介意。他小心翼翼地问我：“我可以抱你吗？”我点头，他就轻轻地搂着我走。到了天台角落，我们等着一道又一道的闪电降临，一次次异口同声地发出尖叫和欢呼。于是我们尝试着把这些记录下来，用延时摄影拍下了粉色或金色的闪电，这景象太美了。我第一次站在空旷的高处等待闪电、观察闪电，接近一个小时，除了他在黑暗中模糊的脸和刺眼的闪电，我眼里没有其他了。

之后，我们去逛了操场。操场上除了我们，一个人也没有，难得安静。他提出逆时针方向走，我觉得他可爱又有趣。他还说，当人站着的时候，焦虑都被踩在脚下；当人躺着的时候，焦虑都到脑袋里了。所以他老是睡不着，以后啊，要站着睡觉才好。我一个劲地笑他。他把手放在额头前，认真看路灯下的雨飘啊飘。他喜欢这样，我记得上次也是。

我们在操场的看台上坐下，他坐在湿漉漉的那边，让我坐到没被雨淋到的地方，我不答应，他说“听话”。纯情的初恋男孩说这两个字后，我立马缴械投降。我们聊了好多好多，现在回忆起来都记不太清楚了，他还给我看了很多他喜欢的画，说他大学想完成的十件事之一就是画一幅自己满意的画。

我的手自然地搭在他的肩上，不一会儿就悄悄滑到他手心里去了。他把手挪开，我有点疑惑。他说：“我手很冰的。”我说：“没关系，所以我来给你传递温暖呀。”他跟我讲，从小他体温就很低，以前他可以自己控制体温。我问他：“是不是说咒语——升温——就可以了啊？好厉害哦。”他说：“才不是，要冥想的。”我一直在想，这究竟是什么神秘又迷人的男孩啊。他说：“天哪，怎么会有这么小的手？女孩的手都这么小吗？不会吧，肯定只有你。”过一会儿，他又说：“你的手真的太小了，好软啊。”几分钟后，他又捏起来：“你的手小得太可爱了，就跟小朋友的差不多。”

不一会儿，他特别激动地叫我，指向旁边草丛的方向，说：“天哪，你看，那是萤火虫吗？”我转过头，真的是一只发出荧光绿的萤火虫，在黑夜中好亮好亮。前天晚上散步的时候，我还在跟他讲我小时候养萤火虫的故事，他说他好久没看到过了。结果，没想到今天我们就意外地看到了，以前我们从来没在学校见过萤火虫的。他说：

“今晚好值得啊。”我们都特别开心。他又说：“只有一只，萤火虫一个人好孤独哦。”我就倒在他腿上，假装颓丧地说道：“我一个人好孤独哦。”他装作很严肃的样子，瞪大眼睛看着我说：“你再说一遍？”我没说话，他又说：“那我是什么啊？哼。”当时我的整颗心都在寒风冷雨中融化了，可能我的眼睛里全都是小星星吧。

最神奇的是，我们刚说完没多久，就又出现了一只萤火虫，它俩在草丛中一起转圈，一会儿又不见了。他就指给我看，说：“你看你看，在那里，你看到了吗？”我回答：“看到啦看到啦！它们真的好亮哦！”我们一坐就接近两个小时，我脚踝一圈都被蚊子叮满了疙瘩，他看了下手机说：“我们十点就走哦。”手机屏幕亮起的时候，我看到有个“羽”字，他说，每次开始思考的时候，他都会第一个想到羽毛，不知道为什么，所以他一直觉得这个字很重要，就放在屏幕上啦。啊，我真的太爱这样浪漫的男孩了，我今夜心动一万次。

说是十点就走，结果我们到十一点三十分才走。快走的时候，我们好像提到了孤独这个话题，他说：“以前我觉得一个人也没什么，现在不行了。”我问为什么，他看着我沉默了一会儿，然后笑着说：“因为我现在有你了啊。”

好，我收回刚刚说过的话，我今夜心动一万零一次。我要对他好一点，我要拿出我所有的耐心和爱，一定一定不能伤害他。

2019.4.12

今晚学校摇滚节，人很多，我们打算去二楼看台站着看表演。他小心地摸了一下那个栏杆，说："啊，好多灰尘。"紧接着他做出了一个让我很不理解的行为：用手掌从左擦到右。他跟个小孩子一样，我有点生气，觉得他很无聊，就问他："有灰尘你还把手放上面玩？不嫌脏吗？"他说："这样你才好趴在上面看啊。"

他的手机壳是透明的，里面夹了片枯萎的树叶，枯叶是他自己捡的。他问我："你知道这是什么吗？"我说："树叶啊。"他说："笨，这是你。"我问："为什么？"他指着树叶的右下角给我看，那里有我名字，看起来像是用红色墨水写的，特别好看。后来他还跟我说，他想找一些木头刻一个图案，给我做项链。他思考了一会儿，拿起他脖子上的那块玉，说："要不我用这块来给你刻一个吧？"我急了，那块玉看起来挺宝贵的样子，我就说："别啊，如果没刻好这块玉岂不就毁了？"他一副恍然大悟的样子，说："对哦，那我先去找几块石头练习一下。"

在天台上，他抱着我碎碎念："前几天我跟我姐说，我喜欢上了一个女孩，而且很喜欢。我好想跟我爸妈讲啊，他们肯定会喜欢你的。原来这就是依赖的感觉啊，太神奇了，我以前从来都没有过。唉，我今晚肯定又睡不着了，我会一直想你。"

2019.4.14

他说昨晚睡得挺好。他握着我的手，眼睛也望着那个方向，说："昨晚……我就是感受着这个温度睡着的。"

2019.4.15

今晚又是毛毛雨，又细又密，我们站在天台的水管上顺着墙往上爬，爬上了最高的那个小楼顶。楼顶上什么障碍也没有，也没有墙，可以看到所有景。往下望去就是一片很大的湖，如果有人跳下去，也许能刚好落进湖里。我们没撑伞，他头发上很多雨水。他抱着我，我一直盯着他，沉默了很久。他看着我说：“我……”然后马上把头转过去，眼神也匆忙躲开。我至少问了十分钟，他也就磨磨叽叽了十分钟。最后他低头看着我说：“闭眼。”我说：“闭眼干吗，在雨中睡觉吗？”他又害羞了，低下头，望着我说：“我可以轻轻吻你吗？”我点了点头。

之后他开心得快转圈圈了，我说：“你至于这么开心吗？”他甜蜜地笑着说：“初吻哪！”

2019.4.15

站在二楼窗台上赏雨的时候，我看到远处的天花板上挂着一个黄色的塑料口袋，很小，随风飘啊飘，特别好看，我激动地指给他看。他说：“它都挂在那里两个月啦。”我问：“你两个月前就发现它啦？”他漫不经心地回答：“对呀。”

他啊，永远足够细心与浪漫，不愿错过生活中或大自然中的每一份美好。

2019.4.27

他：今晚我们要面对面分享歌曲了，这种感觉好棒哦。

我：是哦，我明天一睁眼就是你。

他：早就想了。

我：以后也会是。

2019.5.11

我们坐在月光下，树叶被风吹得哗哗响，草坪上的草有些扎皮肤。

他目不转睛地望着我，我问他他在想什么。他说："我在想一些不知道有没有意义的事情。如果那次上课的时候，你没有回头跟我对视，我们是不是就不会认识？我在想我是不是幸运的。"

2019.5.14

我今早从广州飞杭州，昨晚预约了一辆车，学校挺偏僻的，我有点怕。他执意要跟我一起去，我没答应，因为他来回会很麻烦，车费也不便宜，而且他还有早课。我劝了他很久，他答应了我好好睡觉。

早上五点，我出了宿舍门就突然看到有个身影向我走来，发现是他。

我跑着扑上去捶着他说："你好烦啊，不是说好了别送我吗？"

我真的没想到他会送我，因为他昨晚答应得挺坚定的。

他说他四点三十分就在楼下等了，因为不知道我什么时候搞定。

我问他为什么不告诉我，他说怕我不让他去。

2019.5.17

昨晚我们约好了今天一起去上课，我为此没有睡懒觉，但他没有等我，和朋友走了，留我一个人。我挺矫情的，竟然因为这个伤心了一整天，独自在图书馆待了三个小时，又回宿舍看了部电影。他没有意识到我的难过，也没有发消息找我。

晚上，我们一起去镇上。我默默吃饭，默默走路，几乎没怎么说话。他说话，我就点头或者摇头，我也没有让他牵手，他见我这态度就直接把手揣裤兜里了。我有点后悔，就一直侧着脸楚楚可怜地望着他，他面不改色地直视前方，越走越快，不搭理我。

我再次主动出击，伸出手挽着他。他还是无动于衷，直到过马路的时候他才把手拿出来拉着我，走得很快，表情超级凶，一副“先跟我走，我一会儿再慢慢跟你算账”的架势。我快落泪了，他一眼也不愿意看我，我也不知道他要带我去哪里。

原来他带我去了我们第一次出去玩的那个桥上。他直接跳上去坐着了，留我一个人在下面站着，我就瞪大眼睛可怜巴巴地望着他。他拿出一张卫生纸，打开，放在他旁边。我很疑惑，于是他又拍了一下那张纸，面无表情地盯着我，我才知道他原来是让我坐过去，我就一下子坐上去了。

他望向远方的路灯，不理我。我用手戳他的腿，他还是不理我。我就嘟着嘴低着头一副要哭的样子，他终于望向我了，我低着头没敢抬起来。他突然把我搂过去，我心跳有些加速，抬头跟他对视。他的眼神好温柔，没等我反应过来，就朝我吻过来了。

吻完之后，他望着我，冷漠地说：“现在可以说你到底怎么了吗？”然后我委屈地说：“可能是因为今天上午你没等我的事情，我也没有怪你，我只是觉得自己太矫情太小气了，觉得没必要跟你讲。我今晚也不是跟你摆脸色，我是真的开心不起来。”他听完后就疯狂抱我，超级自责的那种。他把头埋在我的肩上，一直跟我道歉，说：“对不起，都怪我不好，如果早上我注意到，你就不会难过了。你有一点点不开心，我都会难受，是我的错。”

我忍不住哭了，他摸着我的脸，望着我说：“我真的真的好爱你。以后不管发生什么，不管跟我有没有关系，你都要告诉我，哪怕是一点点的不开心。”说完这些之后，他就问我腿酸不酸，然后把我的腿放到他的腿上，他帮我捏腿。他跟我说他确实有一点生气，因为我什么也不告诉他。

我躺在他怀里，我们一起望着背后路过铁轨的火车，它来了又去，大概有九趟，汽笛声轰鸣。今晚没有细雨和闪电，也没有萤火虫，但依旧有大风。有一万个瞬间，我确定我是爱他的，是他把我从绝望与失落中拉出来，给了我最炽烈的心和纯粹的爱，诚诚恳恳。他让我找到了我过去拥有的那股真实和自在，如果可以，我希望他能够陪我久一点，再久一点。

2019.5.25

昨天是我们在一起的两个月纪念日。昨晚风特别大，我和他躺在教学楼的平台上，往下看是被树围起来的湖面。我放歌，听完陈粒的歌，又听李志的歌，然后听陈绮贞、杨千嬅的歌，一直到手机没电。

听到林忆莲的《词不达意》的时候，风吹得我头发都贴在他的脸上。那里很安静，有个保安大叔也坐在不远处吹风。我们还见到了这辈子见过的最大的月亮，特别特别低。

2019.6.10

他：只有背你的时候我才会觉得踏实。

我：为什么？

他：因为你的所有重量都在我身上。

2019.6.14

晚饭后，我们开着台灯一起唱歌，就像开演唱会一样，一起吃薯片，一起毫不顾忌地把腿放在桌上。他在我耳朵下给我扎辫子，我在他头顶上扎小辫子。原来有人可以这样爱我，我可以这样爱一个人。

2019.6.29

我们就边看电视边吃饭，我去洗漱的时候他把被子全都叠好了，还帮我收了衣服，整理了箱子。爱一个人就是愿意为他做很多事吧。吃完饭，我们等车去机场，我问他是不是一定要去，他说要去。到机场后，我们一起去办理登机牌，好多人排队，他笑了。我说："你巴不得我走不了对吧？"他说："哈哈哈，那倒也不是。"然后握紧我的手。

我要过安检了，让他走，他不走，隔着那条绳子牵着我，最后我抱了他一下就继续往前走了。我回头，他忍着情绪对我点头，我继续走。最后，我回头看他的那一下，我感觉我的眼泪都快出来了。我在候机厅的时候收到了他的消息：等你回来，我更爱你。

2019.7.9

今天是我们分开的第一天，聊到一个话题的时候，我假装说我生气了。

他说："你不要生气，我都见不到你。"

听到之后，我瞬间眼泪就下来了，他问我怎么哭了，一直说："宝贝不要哭啊，想念你也是一种幸福呀，我们很快就会再见的"。

2019.7.10

昨天，我和他讨论起了《流浪地球》这部电影，他说他是和我一起看的，我说他记错了，这部电影是去年寒假上映的，那时候我们还不认识。他疑惑地问："那我是和谁看的呢？"我开玩笑说："可能是亲密爱人吧。"他说："我只和你亲密，爱人只有你。"

2019.8.5

我上课在玩他的手指，捏到无名指的时候，他突然说："这个以后就交给你了。"我们一起听音乐，随机播放到一首歌叫《失物招领》。他说："我可千万不能把你弄丢了。"

2019.9.4

我们去了天台上，爬上了最高的小平台。天空中有闪电，他抱着我，我坐在他的腿上。我问："你还记得上次我们看闪电吗？那是五个月以前，你还对我说'我可以抱你吗？'。"我问："你还记得我们第一次来这里吗？"我让他闭上眼睛，我给他模仿。我说："那天晚上，你就是这样……"我凑近他耳边说："我可以轻轻吻你吗？"然后我吻了上去，笑着模仿他的语气说："初吻哪。"天空中有流星划过，两秒钟，他看到了，但那时候我们在拥抱，我背朝流星，没看到。他感到遗憾，说没有跟我一起看到那一瞬间。我说："没关系。流星划过的时候，我们抱得那么紧，是不是说明我们永远都会是这样？"

我们拥抱亲吻，比那一晚要热烈。

心跳的感觉，还是一样。

2019.9.6

天气太热了，我们决定去图书馆。他站在那里看关于市场经营的书，我拿了本余华的《黄昏里的男孩》，背靠着他。于是我们背靠背，站在两个书架之间，各看各的书。看累了，我们就一起坐下，我把头靠在他的肩上继续读，直到十点闭馆。

2019.9.8

他背着我从看台一梯梯跳下来回宿舍。我就随口说："等你背着我爬上白云山，我就嫁给你。”然后他立马把我放下来，抱着我，低头望着我的眼睛：“你说什么？你再说一遍。”他特别激动、欣喜、严肃。我疑惑地问为什么要再说一遍，他说他就是想再听一遍。我不说话，只是笑。他就紧紧抱着我。

我有点蒙，原来男孩会被这样的话感动啊。

2019.9.9

爱一个人真的好难，对方一点点反常的情绪就会被无限放大，在炎热的天气下矛盾升级。这种矛盾无关语言，它是静默的，是无法沟通、无法爆发的，谁也说不清楚发生了什么。

2019.9.27

他说：“我好想骑车带你去吹风，或者是等到秋天来的时候。”

2019.10.9

最近的“高光时刻”是在过山车冲出去的前一秒与你亲吻。

2019.10.19

爱一个人好难，爱让我们无法抑制地流泪，可我们还是选择一遍又一遍地去勇敢、去爱。

2019.10.23

他骑车一个小时带我去了湖边。回学校的路上，他累得出了一身汗，我一路上都在唱歌。在汽车鸣笛声特别嘈杂时，我对他喊了一声“我爱你”，我想他不会听到，只见他把左手伸到后面来捏了捏我的手。我问他干什么，他说：“我在回应你呀。”

2019.10.25

我今天痛经，去上课的路上小腹还是疼得不行，只好折回。因为我上不了楼，就只好趴在宿舍楼下的桌子上休息。他说：“你过来休息好不好？我照顾你。”不一会儿，我就听到他朝我跑来时发出的脚步声。他说：“我热水都烧好啦，就等你了。”然后他陪我待了一会儿，就把我背回他那里去了。他帮我脱了鞋和袜子，然后去给我接水，拿热水给我暖肚子。

我给他的小字条上写了一句话：秋天也要一起快乐地过。

2019.10.28

他说他同学来他宿舍的时候一直吵着要吃蛋黄酥和夹心饼干，他不给同学吃，被骂小气。

他说：“因为这是你喜欢的，所以不能给他吃。”

2019.11.25

他说：“2020的开头好苦啊。”

我说：“苦尽甘来。”

他说："你来就好了。"

2019.12.31

他说："每次醒来看着身边的你，我就想守护你一辈子。"

他说："我害怕有一天你会走掉。"

他说："我经常幻想未来和你一起住在我们的家里，养一只宠物。每天早晨我会吻醒你，当然，你也要吻醒我，我会醒得晚一些的。你忙的时候，我就在家做好饭等你回来。如果我们能一起回来就更好了，我们一起做菜、一起吃饭。晚上我们就躺在被窝里看电视，和狗狗玩。"

他说："下个月的今天我们就在一起一年啦，到时候我们一起去天台上看月亮、吹风，带好零食。我们在那里睡觉。啊，不过你会不会感冒啊？一定要把大棉袄也带上。"

他说："其实我是个不太会找话题的人。你没找我的时候，我就总是盯着屏幕等你，这已经成为一种习惯了。只要屏幕亮了，我就知道一定是你找我了。因为我只和你聊天呀。"

2020.3.9

一切都好，日子过得很慢，我们很幸福。现在我刚整理完他的衣物，下午送去医院，他要和他爸妈回家了。

他生病了，胃出血。前两天他晕倒在厕所，醒来时打电话给我。他的全身湿透了，脸上撞出血迹，他立马被送去了医院。他全身发抖、抽搐，扎了近三十针。医生为他输血、输营养物，我联系他爸妈。没想到我第一次联系他爸妈，是在这样的情况下。

在抢救室，我一直握着他的手，安慰他说“没事”。情况稳定后，他被送去住院部。他不能吃饭，不能喝水，也不能动，虚弱得只能用气声说话。以前都是他照顾我，现在换我来照顾他了。我回家替他拿换洗的衣服，稳定好他妈妈的情绪。因为要盯着换药，我一晚上都没怎么睡，他也心疼。

我们这段时间在外地实习，一起生活了近两个月。本来以为之前长时间的分离会让我不知道该怎么与他相处，结果见到他的第一眼，我觉得我好像更爱他了。

有他在的日子，房间都干净整洁。每当我想起还没有晾衣服的时候，都发现他已经晾好了。他总是早起去买菜，饭菜快做好了才叫我起床。他就像我的小保姆。即使晚上我和朋友玩到很晚，回来时他也不会骂我，只是会自己去睡觉，早上醒来假装生气地拍拍我的头，叫我以后不许再熬夜。每次我从浴室洗完澡出来的时候，总看到他拿着吹风机等着我。早晨，他骑着电瓶车载我去上班，在午夜回家的路上，他在昏黄的树影下拍照。他望着远处说：“那座楼只有一束光，好孤独。”我说：“就像我一样。”他重复：“就像我一样。”

然而我们知道，拥有彼此的我们并不孤独，我们只是在寂静有风的夜里说一些合时宜的矫情话。

在这段日子里，我们发生过数不胜数的矛盾。譬如他不让我用他的杯子喝可乐，他切辣椒时手被辣到我没有关心他，他和家人通完电话后沉默不语……这些鸡毛蒜皮的小事都能引发我们一场又一场的争吵和大哭，我有时候很想说出“我一点也不开心”“我真的不想谈恋爱了”这样的话去伤害他，但我舍不得。

有一晚争吵时，他说：“不知道为什么，我没有以前的感觉了。”我大哭了一场，哭得停不下来，只好冲出房间躺在沙发上哭。在他身上，我相信永远，也相信爱感不会消失，他的这句话让我的梦破碎了。他抱着我，问我为什么这么难受。我知道他不会理解的，不会理解我突如其来的情绪，不会理解他每一句话的重量，也不会理解我对未来的望而却步。所以我只好像个小孩一样哭号着说“你是不是不喜欢我了”。他不知道我为什么会这样理解，他说这只是我们双方感情的“平淡期”，之后我们的感情就会升温的，那句话确实不该那样说。他说他会一直喜欢我，一直爱我。那时候凌晨一点，我半信半疑，半梦半醒。

昨天他爸妈从外地赶来这边医院。他爸古板固执，不太好沟通，礼貌地称呼我为同学，有点傻傻的可爱。他妈一进房门看到他的那刻就开始流眼泪，我给她递纸巾，她心疼，也自责，说着些不着边际的话，说着说着又开始流泪。他躺在床上沉默地睁眼看着。

他爸妈说要带他回家，我知道我不能自私地将他留在自己身边。他需要被有经验的人照顾，需要好好调养，所以我什么也做不了，只好在床边握着他的手，俯身看着他。

“我要回去了。”他很平静地、不带情绪地说。

“我要一个多月后才能见你了。”他继续说。

我眼泪止不住地往下流，滴落在他的衣服上。他费力地抬起手想给我擦眼泪，费力地不让眼角的泪流出来。

他爸妈让我先回去，有事再联系我过来。我想着确实应该给他们一点单独的空间，便给他们交代了一系列事情，比如尿盆如何看刻度并记录，要用毛巾给他擦脸，口渴的话就用棉签替他擦擦嘴唇……走的时候在门外，我安慰他妈妈说："你不要伤心，他看着你这样也会难受。"他妈妈的眼泪夺眶而出，开始跟我诉说诸多委屈、心疼与难过。我拍拍她的肩膀，告诉她会好起来的，要多陪他聊些开心的话题，积极的情绪才利于他的康复。他妈妈说"好"，说在门口哭完就进去。我转身离开，想起他想替我擦眼泪的模样，想哭得慌。我回头，隔着长长的过道和他妈妈挥手再见。

我很累，一回家就躺着睡了个大长觉。傍晚醒来，我收到他妈妈发来的消息，说他一切都好，还转了个有空调的病房，叫我不要担心，要好好休息。晚上九点多，他用自己的手机给我发了微信，句子里还混杂着拼音，我想象着他手上插着那么多针管还给我发消息的样子，又快哭了。他一定很想我吧，我也好想他。

上午我接到他爸的电话，他爸让我把家里他的东西全都收拾好，把箱子带去医院，他们过几天就要回去了。我在帮他整理东西的过程中，安全感像是在逐渐消失，看着右边空空的衣柜，我心里也感觉少了一块。我不知道如何去描述这种感觉，我只知道之后的日子里，没有人会拍拍我的屁股一遍又一遍地叫我起床，没有人会清早打开窗户通风、出门前拔掉插头、提醒我戴口罩。以前我还害怕熬不过这几个月会分手，现在我担心的是没有他的日子我的生活会不会一团糟。

我还说好下个月陪他过生日呢，好不容易可以一起过生日了，现在又不行了。我礼物都准备好了，还计划好了要一起去水寨，连做蛋糕的店都挑好了。前段时间我们还在商量去漂流、去滑雪，现在都不行了。我们还没有一起好好地探寻这个城市，从来这里到现在我们几乎每天都在工作，只是偶尔才出去玩。他的一场病，就让我们的生活偏离了正常的轨道。我现在只希望他能快一点好起来，与其让他承受病痛，我更愿意承受分离。

2020.7.12

他转院了，转去了大医院。我傍晚去看望他，他妈妈一见我就又开始哭，跟我聊他的情况和她的担心。医院很挤，急诊室里人挨人，每个病人只能有一个家属陪同，我在门外求了保安很久，保安才放我进去。他躺在狭窄的床上，脚上都插着输液管，我拉他的手，他说他打了针，疼。他望着我许久，泪从眼角流下来了，说：“你还是来了。那么远，不方便。”他不怎么在他妈妈面前哭的，他们两人的情绪都压抑太久了。

我望着他，不说话，就想哭。我抚摸他的脸，说：“下个月生日的时候我一定来找你，你要快点好起来。”我还说：“等你好了我什么都听你的，我不跟你吵架了。”他傻笑说：“不用的。”

我说：“我这辈子就只要你了。”

以前我从来不讲这种话的，觉得没有意义，也不想对未来做出承诺。不知道为什么，可能就是那么一个契机，情绪和氛围到了那个点上，我就脱口而出了。他愣了一会儿，握紧我的手说：“我这辈子也只要你了。”然后我跟他拉钩。

半个小时后，我不得不离开了，他爸在那里守夜看着他，我带他妈妈回我们租的家里睡，给她腾了个房间。她很脆弱，情绪随着他的病情大起大落。在电话里，她听说他好几个指数偏高，心里很慌，又陷入了沉思，后来又接到电话说他复查了，所有指数都是正常的，她雀跃地跑来浴室跟我分享，我只觉得她可爱，说了句“等我出来再聊”。

她说她担心，她知道我也担心。她很爱和我讲话，自己的事也讲，儿子的事也讲。我愿意当她的倾听者，帮她分担一些焦虑和苦难也好。

2020.7.14

昨天我好开心的，我买了束向日葵，在里面加了朵白玫瑰，还加了些零星的洋甘菊和尤加利，在花店包裹好之后蹦蹦跳跳地去医院找他。路程有点远，我需要转好几次地铁，还要走路绕过好几个小巷。我吃了碗花甲粉，出了店门天就黑了。我只想快一点见到他，像春游的小朋友一样兴奋。到医院后，我把花给他，他很开心，说这个房间终于不再只有药水味了。我们还没聊够半个小时，我就被门口的保安赶走了，保安说只能有一个家属陪同。我悄悄地吻了他，然后离开，继续伤心，继续想念。

我突然意识到，他吸引我的是他身上天然的脆弱感和易碎感。我时常希望他能变得热情、开朗、要强，可转念一想，如果他真的变成了那样，可能我也不会喜欢上他。我想要保护他、呵护他、照顾他，就像他照顾我一样。他需要我，就像我永远需要他一样。

2020.7.15

几天前，我偶然间看到一条微博，大概是说性格内向并不是缺陷。毛不易说："你要允许有一些人，有安静的青春。"有句电影台词说："你别用所有人都要神采奕奕的标准去过问别人的生活。"

我突然就想到了他。我开始意识到我以前对他很不好，从来没有去理解过他，也没走进过他的内心，老是想去改变他。他说去水上乐园没有安全感，我要求他陪我去。他抗拒人群，不想去热闹的地方，我却强迫他陪我看演唱会。一年多了，我看到这条微博的时候才意识到：原来他是这样的。

我们以前吵架的时候，他总说我不会换位思考，总说我们不一样，总说我不了解他，最后还是抱着我跟我道歉。他接受了我太多，包容了我太多。

那晚我跟朋友讲了这件事情，朋友说："你应该告诉他，你应该让他知道，你要去表达你的想法，这很重要。"

今晚我都告诉他了，开口的时候我就不争气地哭了。我说："那一刻我才发现，我们曾经真的有着不一样的生活，造就了现在不同的我们。但现在我愿意陪你去安静的城市旅行，愿意陪你安静地散步，这不是强迫我自己去做，而是我真的愿意。”

我说：“我开始去理解你了，即使晚了一点。”

他说：“不晚。这对我来说是很重要的一个点了。你不用内疚，这一刻你说出来，我就感觉你已经有了解我了，说到我心里了。”

我说：“我内疚不是因为你陪我去看演唱会、去水上乐园，而是我以前觉得这是理所当然的，现在我才意识到这是你为了我才做出的改变。”

也许他已经做好了我永远不理解的准备，但我突如其来对他的理解让他相信爱是真的有力量的。

2020.7.30

我和他打了电话，因为我想他想哭了。

他说：“我也好想你。平时我都不敢多想，一想就会难受。不过以后我们会有好多时间在一起的，以后我们一起实习、一起工作、一起住在一个小房子里。我掉进了一个猪圈，就跟猪过了一辈子。”

2020.7.31

他道德感好重，我和他各有各的逻辑。说着说着我就哭了，他很凶，一只手撑着腰，另一只手拿着伞不停地捶着桌子。路过的人会望向我们，又快速躲开。

他说：“我们回去吧，我不想吃饭了。”

我说：“你回去吧。”

他说："你不回去吗？你哭成这样我怎么放心走？"

我说："我们刚才说好一起吃饭，现在你又不吃了，你就是还在生气啊。"

他说："对，我活该，我不该给他看聊天记录，然后和你吵架，搞得自己没胃口了。"

我们吵了一阵子，他说："换个地方吧。"

于是我们去了亭子里。他把伞扔在板凳上，撂下一句"我去买点东西"，便冲走了，很情绪化。

我反着坐，面向湖边，等了很久他都没回来。

二十分钟后，他提着一杯奶茶和一个鸡蛋仔过来，说："吃吧。"我猜到他去买吃的了，他怕我饿，他也饿得胃疼吧？我们你一口我一口，没人说话，氛围很安静。

吃完东西，我们也谁都不理谁，坐了一会儿，他说："去走走。"

我们去了二教天台，天台上没有梯子，我们爬不上去。他也许是故意选择这个位置的，他不想让我去高的地方，怕我情绪激动。

我们趴在栏杆上，有微风，我的头发被吹得贴在脸上，沉默。我望着远处的房屋、灯光、街道、人、狗、猫，流下泪来。他掏出手机，放了首歌，拿到我的耳边，像一种无声的安慰。

他擦掉我流到下巴的眼泪，说："你怎么又哭了啊？"我转过头去不理睬，头发任由风吹着。

他一只腿踩在阶梯上，拍了拍，说："坐吧，我们好久没坐了。"

他不知道该怎么用言语抚慰我与我和解，他总是会用行动来与我和解。

之后，他把我拉过去抱住了我，摸我的头发，我依偎在他怀里，情绪都融化了、飘散了。他亲了亲我的额头，我抬头，他温柔地吻下来。

什么都可以解决的，不是吗？

只要我们爱着彼此。

2020.9.14

心动时刻：我将手伸进门框准备开门，一只手从里面拉住我。

2020.9.15

我们去很久没去过的一个天台吹了风，两人心中都有太多压抑着的情绪。他说："这里都是我们吵架的回忆，我对你真是又爱又恨。"我问他恨我什么，他说："恨你有时候像个小屁孩。"我说："那你爱我什么？"他说："爱你有时候又很成熟。"我说："那你希望我一直成熟吗？"他说："当然。"我说："我一直成熟的话，有一天你会问'你是不是不爱我了'。"他说："总会有那个时候的。"我问他："所以你真的会不爱我吗？"他回答："你别这么问，控制不住的话，我可能真的会。你也会吧？"我说："你瞎说。"

然后我们沉默了，风好大，有深红的余晖。

2020.10.16

在数到第十二颗星星时吻我。

2020.10.26

我很后悔带他一起去蹦迪。车程一个小时，他晕得不行，下车就反胃，进去后又觉得空气不好味道难闻。晚上十一点四十八分的时候，他看了一眼手机，感叹说竟然才过一个小时。和我们摇骰子，他傻愣愣的，也没搞懂是怎么个玩法。我拉他一起跳，拉不动，他宛如一尊佛像，动都不带动的。十二点，大家集体下楼玩，他坚持要在原地看我的包。凌晨一点十五分，我发现他靠在沙发上闭眼睡了。我有点惊讶，毕竟我从头到脚都还在轰隆隆地震动，我心疼，跟朋友们说了声，就带他先撤了。那他这几个小时做了什么呢？他把我的酒杯偷偷挪走，我一消失就四处张望找我，帮各种人拍照，发呆、发呆、发呆。我在来之前也有预想过是这种情形，但发生之后我还是无比后悔。我以前说理解他有自己的内心世界，现在却还是想拼命把他拽出来，还是采用把门砸开的方式。我的乖乖男孩就应该一直待在温室里。我一直觉得他是属于大自然的风、雨、雷电、晚霞、月亮，我也该去他的世界待会儿了。

2020.11.7

在桥上看对面火车驶过，他抱着我，望着那头说道：“嘿，这是我的女朋友，你们都看到了吧？”

他总爱带我去不同的桥上看火车驶过，等很久很久，然后冲它喊话。

2021.3.1

今晚，我们拿塑料袋打了满满一袋水，带上买了很久的种子，一起去种花了。他好乖好认真，我负责拍视频，他拿着石头刨土，手上都是泥，还被刺藤划到了，也不抱怨。他也很配合地录视频，可爱地说着种树宣言，说希望明天下雨，就不用来浇水了。

2021.6.7

我忽然想起那条纷扰喧嚣的街道。傍晚，天还亮堂着，街道一路到头都是冒着热气的店铺，四处可见穿着校服的中学生。我们右拐上坡买了个饼，我只记得那个摊位拥挤嘈杂。我想不起来是哪一天，不记得那一天我们做了什么，脑海里只有这样一幅生活图景，像梦醒时的记忆碎片，模糊不堪。我问他，他也不记得，一点印象也没有。我特别难过，偶然间发现很多事都真真正正地被我们遗忘了，那一刻我们或许也感觉到了一种无比平静的幸福。可那样的感受很难再被记起，很难在回忆里重新被感受。我们以后会有很长的分别的日子，那过去会被我们一点一点地忘掉吗？文字记下的就是我们所拥有的全部了吗？所有的美好终究会被糟糕的现实困境覆盖的，是吗？我侧身趴着流泪，眼泪滴到桌上，形成一小摊透亮的积水。“你哭啦，流这么多眼泪。”他摸了摸我的头。这些从内心迸发出的很自我的情绪，我实在不想讲。他就那样望着我，时不时说几句话。我沉默地听着，摆弄着拼贴诗剪剩下的一个个长条词语，将老人、不再、渴望、至死不渝拼在了一起。我用力睁着双眼，泪水还是止不住地流，他好像明白，又明白得不是那么清晰。我们就这样僵持了足足半个小时，他忽然把那条戴了好多年的玉送给我，那是以前他爸送他的生日礼物。他特别认真地替我戴上，那一刻他好动人，我好像被安慰到了。晚上，我们坐在台阶上吹风，我想问他“你害怕忘记吗？”，但我始终没问得出口，而是换成了那句“以后我一定会怀念这个时刻”。他说：“那你可不许哭。”

2021.6.23

生日快乐，我的男孩

回溯过往的844天

你像一摊水 还是一阵风

好像都不那么重要

2021.7.30

人生不需要这么多妥协的

甜星球居民：快乐家

二十七岁时，我工作努力，薪水不错，就是忙得没时间找对象。我被家人逼着相亲，好像不管我在生活中有多努力，只要不结婚就是错误的，因为我走了一条不同的路。

相亲对象各方面条件都不错，待人接物也很好，所以我们一起吃过几次饭。

这是他后来跟我说的话。

“从近期的相处来看，我能感觉出你并不喜欢我，虽然我很喜欢你。

“你的父母以他们认为好的方式去对待你，方式却不适用于你。

“你是自由的，无论选择哪部电影，还是爱哪个人，我希望你有绝对的自由。

“所以你不要说服自己来赴我的约啦！你明明喜欢吃辣的，还委屈自己陪我吃清淡的。

“人生不需要这么多妥协的，去做你想做的事，爱你想爱的人。你就不用操心我了，我会跟家里说，两个人性格不合，绝对不是你的责任。

“留着不舒坦的话就删掉我，觉着没影响就让我躺在你的手机里，有事随时找我。”

他的微信好友和聊天记录我一直没删，这些话鼓舞着我。

我跟家里人再三地对抗和沟通，恰好被调职到别的城市工作，最近两年他们也管不了我了。

公司年会时，我们公司邀请兄弟公司的领导来参加，我竟然再次遇到了这个相亲对象。今年我三十岁，他三十二岁了，跟以前变化不大。

聊起来我才知道，他前不久跳槽到了现在的公司。我们都不发朋友圈，也不知道对方的近况，就真的很巧。

神奇的是我们从那之后便开始约会了。几年前我只觉得他待人接物很好，现在竟然对他动心了。

吃饭时，他点了我喜欢的辣味菜，他还记得我的喜好。看完电影他问：“现在的你做到绝对自由了吗？”

我亲了他的脸，说：“应该做到了，如果以前我是被迫跟你见面，那现在我是自发地想跟你约会。自愿动心，我很开心。”

他说：“那就别等了，我们现在开始恋爱，真正意义上的恋爱。”

跟异性合租

甜星球居民：晴天吹风

那时我刚来广州工作，身上没多少积蓄，跟一男一女合租。我们互不相识，年纪相仿，公司也离得不远。最初两个月，我加班累得像狗，到家后径直回房间，也不怎么和他们交流。

有一天，我工作不顺，下班发现钱包丢了，遇上大暴雨，又没带伞，于是在车站坐着崩溃。我在三人群里抱怨今天好倒霉，他们二话不说来车站接我，带我去吃夜宵。

他举着啤酒说："没什么的嘛，工作慢慢梳理，银行卡、身份证可以补办，下次也可以不带伞，我来接你就是了。你今天的倒霉就是和以后的幸运等价交换。"

我又大哭了一场。从那以后，我们三个的关系越来越好。我很庆幸自己遇到了这样的室友，我们既是朋友，又是背井离乡的一点暖火。

我们一起做饭、玩桌游，在客厅看电影、喝酒、聊天。唯一受我们诟病的是他的厨艺太差，当时他非得露一手，给我们做红烧肉，结果红烧肉当然是烧焦了，最后我们还是点外卖了。

我们过了快乐的一年。

租期满后，女生决定回老家和男朋友结婚，房子里就剩我和他了。我们工作已经稳定，有能力单独住公寓。我在找房子的时候，他问:“我们要不要继续一起住？你洗碗又洗不干净，自己住不太好吧？你怕男女共处一室不方便，我们就招新室友。我给你俩洗碗行吧？”我哈哈地笑，继续住了下来。

新室友一直没找到合适的，他的厨艺却越来越好。最开始他会在夜宵时间敲门让我到客厅吃大餐，其实就是泡面加蛋。后来他连晚饭也给我包了，红烧肉做得像模像样，甚至买了烤箱开始研究做蛋糕。

其实我感觉我们都懂，就是需要找个契机开口。

周末晚上，我们搬了两张椅子去天台喝酒。

他说：“这样的晚上好平凡又好难得。”

我说：“和美女喝酒还平凡？”

他故意板着脸：“帅哥在此，你无须嘚瑟！”

我问：“你来广州这么久都没遇到喜欢的吗？我就刚搬来的时候听你讲过前女友。”

他喝了一整杯酒，打了酒嗝，把手放到我的头顶，把我的头转向他，说：“我怎么可能在喜欢的人面前提其他女生啊？”

我心里乐开了花，把他的手拿下来好好牵着。他好高兴，要和我干杯：“其实刚来广州的时候我也很倒霉。我第一次和你干杯的时候说什么来着？倒霉会和以后的幸运等价交换吧？准的。”

十二月太好了

甜星球居民：壁灯晚餐12

去年十二月初，离婚后，我一个人去旅游散心。逛街时，我的手机和钱包被偷，雪上加霜的崩溃……

我无助地哭了很久，路人侧目走过。只有一个男生问我怎么了，并带我去附近的派出所报案。得知我的情况后，他临时取了现金给我紧急备用。

我感激至极，想留下他的联系方式还钱给他。他拒绝了，只说：“小事一桩。天气很冷，你早点回去。困难嘛，跨过去就好。”

今年疫情缓和后，我打算再去那个地方一次，想找到他再次感谢，却一直没机会，只能在内心记挂着。

八月，我去新公司面试，等待的时候竟然看见他从办公室出来。我努力辨认后，确定是他，追出去表明自己的身份。他说太巧了，他最近创业在找合作方，刚在这边谈完，还祝我面试顺利。

这次我们互留了微信。

在他回去的前一天，我终于约他出来了，我带上了礼物答谢，礼物是一个办公桌摆件。

他将礼物收下了，还说钱不要我还，如果谈成合作，以后来我的城市发展，摆件就可以放在他的桌上。

后来我们偶尔会聊天，我知道他和我年龄相仿，同样单身无子女，但我没动其他心思。我只觉得他为人谦和，工作能力出色，兴趣爱好、说话风格和我很像，是一个给我意外之喜的朋友。

十月，他来我的城市正式开展项目，我的工作也有进展。因为双方公司是合作关系，所以我有时能在我的公司见到他来开会。我们得空就一起下班吃饭。

为了避嫌，每次我们都会一前一后开车到远离公司的地方。吃饭、逛旧物小店。一次，我看中一盏壁灯，犹豫要不要买，他说：“买呀！我送给你当乔迁礼。”

他喜欢烛台，我趁他没发现的空当买了下来，望他以后的烛光晚餐能有它的用武之地。

然后，我们一前一后，他把我送到停车场，确定我进家后再掉头开半个小时的车回去。

我的动心发生在十一月。

我和相熟的朋友去他家聚会，这是我第一次去他家，他家布置得简单有品位。

他新学了红酒烩鸡扒，我笑西餐吃不饱，他说：“别急，还有火锅。”

朋友吐槽：“这是什么乱七八糟的中西结合？我还想喊你把朋友圈发的烛台拿出来，给大伙整个烛光晚餐呢。”

他说：“烛光晚餐已有人选，和你们这帮老粗犯不着。”

我们追问人选是谁，他打哈哈去厨房切菜。

然后，我在客厅收到了他的微信——

是你。

晚点等他们先走。

我想你留下来吃烛光晚餐。

你要吃不下就点上蜡烛听首歌再走。

这顿饭吃得我心动不已，夹菜时、聊天时，只要我和他的目光碰上，他就会直勾勾地盯着我，我躲闪，再偷看他的时候，发现他在偷笑。

吃完饭，我借故帮他收拾，送走朋友关上门的一刹那，我紧张疯了，完全不知道要说什么做什么。

他去房间拿来烛台，点上，关灯。房间里循环放着Lou Reed的*Satellite of Love*。

我搜刮内心的蛛丝马迹，我为什么心动？我为什么同意留下来？我不得而知。

他终于开口说：“其实这首歌也很适合你的壁灯。”

我说“嗯”。听见他的声音我又一阵紧张。

他说：“今天太美好了，因为是和你度过的。因为我喜欢你，所以觉得特别好。我今天非常想和你度过这个美好的时间，也想以后有很多这样美好的时间。你现在很蒙没关系，我等你缓过劲来。”

我说“好”。

他送我回家后，我彻夜难眠。

后来，我们吃饭的次数更多了些，提到离异问题他也给了我许多的安心。还有其他种种，让我越来越确定自己的心意。

他说：“一时选择错误有什么？这不是开启新感情的阻碍。

“人嘛，一段一段地过，以前的东西是历练也是收获，经历这么多可不是为了留下伤痕的，这是使人生饱满的拼图。

“你有的东西他人还没有呢，多宝贵。”

十二月七号那天是大雪节气，我已经想清楚，且准备好了。

下班后，我去他公司楼下等他，见到他的时候，我自然而然地去牵他。

我说：“十二月太好了。”

他摇摇我的手，抓得很紧：“这样看来，去年十二月是幸运的开始哦。十二月太好了！今天你想吃什么？我来做。”

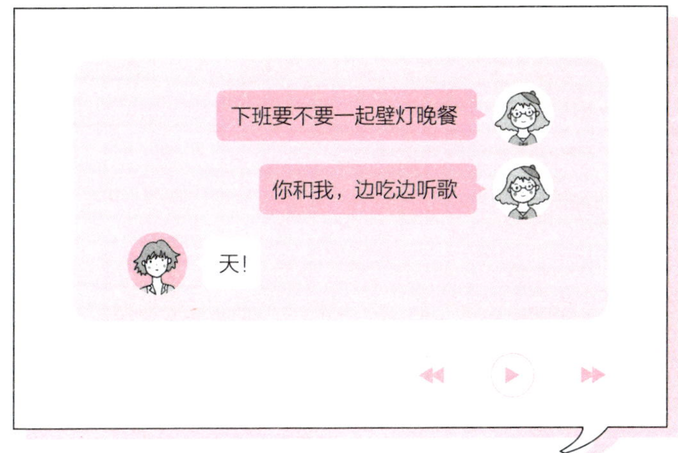

那些有趣的误会

甜星球居民：小町

我整天嘻嘻哈哈的。昨天午休时，我和姐妹在讨论班里男生的身高，他打完球正好进教室。

我就顺口问了一句："你多高？"

他有点蒙："干吗？"

我说："没什么啊，就报一下。"

他愣了一下："那你站起来。"

我也蒙了，站起来他就过来抱我了！

我现在写到这里脸还是爆红！我也是第一次被抱！

然后我的姐妹笑出鸡叫声，解释是"报身高"，不是"抱"！

他脸超级红，扔下一句"一米八二"就出去了。

班里还有一些同学起哄，我们尴尬得一下午没讲话。

晚上他发微信给我，我洗完澡出来看到后，真的在家里踹被子。

那个

我第一次抱女生

打球有汗不好意思

我在说什么

这个拥抱本来是计划在你做我女朋友以后实现的

没想到……

我幻想过 在无人的操场 在送你回家的楼下 在进球的时候好多好多

如果我没有说出心意 这个拥抱只能止步于毕业时的道别拥抱

你打破了我的计划 那我就好好告诉你

我喜欢你不止一点点 不止一年 如果你喜欢我要不要当我女朋友?

不着急回 虽然我很着急 但是你考虑好再决定

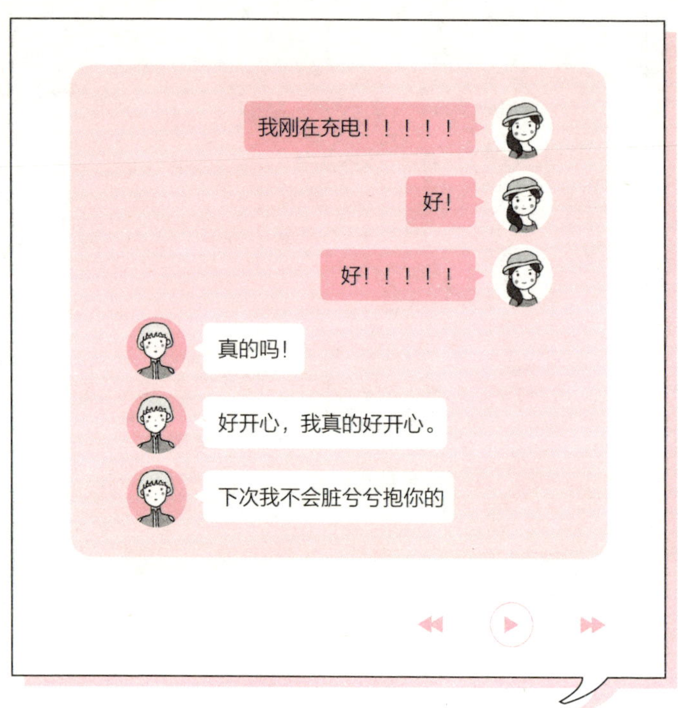

今天是我们恋爱的第一天，早上在走廊遇到他，我挺不好意思的。

他扯着我的袖子小声说："见到男朋友怎么不打招呼？"

哈哈哈！我疯了！

Happy Trip
To Sweet Planet

／甜星球

旅途愉快／

落花流水

是你也是我

甜星球居民：PEKO

我先介绍一下我自己，大四，典型的工科女，我除了初中被人恶作剧般“告白”过（男同学输掉了真心话大冒险，玩大冒险时挑了班上一看就最好骗的我告白了，而且我居然相信了！我那时候好傻），零感情史。

以前的我一腔热血，觉得恋爱是什么？学生难道不是应该专注于学习吗？于是我开开心心地和朋友们度过了高中的三年，考了一个还不错的学校，读了一个不算讨厌也不算喜欢的专业。

大一的时候我在想，月老怎么都得给我安排一下了吧？可惜的是，我没有在那一年遇上心动的人，也逐渐理解了一些大学之间的不同。

我之前读的是理科，因为和男孩子相处时间很长，所以我经常被人说感觉不太像女孩子。

到了大学，好像和男孩子接触都会被认为是别有所图，我这个常年和男生称兄道弟的人，只是主动请缨给学委交个作业，都要被舍友起哄一句是不是喜欢他云云，天地良心，我真的没有。

大一转眼就过去了，我留任在了喜欢的部门，当了副部长，摩拳擦掌地期待着有学弟学妹加入我们。

然后，在面试的时候，我一眼就看中了一个学弟。他面试的时候才刚进大学，还不怎么会打扮，军训又晒得很黑，其他的三个部长只对他的肤色比较有印象。

但是他的眉眼是我喜欢的日系男孩子的样子（还戴眼镜！加分！），性格也很温柔，总结就是怎么看都是我的理想型。他本身很优秀，面试进了我所在的部门。

我们部门是负责摄影的，每次活动都要拿着单反相机满场跑。中秋晚会的时候，他第一次跟着部门出去拍照，拿相机的姿势标准得好笑。同部门的女部长A拍下了他超严肃的端相机姿势，发在我们的小群里说：“我当时面试他的时候怎么没发现他这么可爱？”

我那时心里还挺开心的，因为我已经早早发现了这个“宝藏男孩”。

后来，不知道是不是因为我看上去就很好骗，我被他们宿舍（他们宿舍有三个人都是我们部门的）拉进了一个多米诺大赛的项目里。我一个学电气的，高中力学部分考试考二十分的人，在设计装置上真的帮不上什么忙，只能跟着打打杂、做做ppt（演示文稿）什么的。

但是那段时间是我大二最开心的日子了。我和他们宿舍的四个男孩成了好朋友，我们一起出去吃吃喝喝，顺便买材料，围观其他组的神仙设计，然后疯狂鼓掌。

那段时间，像极了我再也回不去的青春岁月。

我没打算和任何人说，他是我的理想型的事情就这么在我心中一点一点膨胀了起来。

后来我们一起出去玩，我和他打了卡普空的格斗游戏，他选了成步堂龙一，我选了春丽。他明显打不过我，后面我们又打了一局，我又赢了。

一向是游戏黑洞的我居然连赢了几局，我玩得超级开心。

然后，就到了十二月。那时候因为发生了一些事，我很难过，不过我的性格比较开朗，所以我很快就缓过来了。

我很难过的那天刚好是部门开例会的日子，我在门口实在是憋不住眼泪，就先回宿舍休息了，没来得及看到其他人口中他讲得超级真诚且感动的优秀干事答辩。

在那之后不久就是我的生日，今年的生日我没放在心上，想着反正和平常的一天也没什么区别。

又过了几天，部门开例会，忘了是什么原因，我们坐在那边等人。然后啪的一声，他们宿舍中的某一个人把灯关了，我还在奇怪是不是停电了，突然看到关灯的人抬了个蛋糕进来。

他们四个说和其他部长一起策划了好久要给我过这个生日。（虽然当时我听到部长A开玩笑说是给另一个干事过生日时我还觉得安心

了一下）

那天我真的超级开心。平时我就已经很开心了，我有一群可爱的干事们，体会了一把当学姐的感觉，在部门里的日子，我全身都充满能量。直到现在，我还能收到他们的贺卡和礼物。

我真的快乐到回宿舍的路上还在傻笑。他送了我一个蓝色的吊坠，我怕刮花了没舍得戴，还藏在抽屉的最里面。

看到这里，或许你会觉得，我们之后应该就能坦白心事，开始一段终于实现我愿望的初恋了吧？但是很可惜的是，没有。

他告别单身的那天，我回了重庆老家，准备第二天起个大早去主城区玩。晚上十二点的时候我正准备睡觉，突然接到了他舍友的电话。

“学姐，他抛弃我们这些‘单身狗’了。”

那一刻我有种不甘心又尘埃落定的感觉。

从一开始，我的感情就只是单方面地在膨胀着。我没有主动出击，我只是觉得他可爱、温柔，但是我并不是值得被爱的人。我在感情上是有些自卑的，更害怕我告白后我们的朋友关系就消失得干干净净。

和他在一起的人是我们部门的学妹，长得可爱性格又乖。那通电话我们打了一个小时，我应该去睡觉的，但我没有挂掉。

我在他们的朋友圈下面祝了“99”，然后在“我们还是朋友，我们的闪光回忆没有消失”的想法里调笑着他鬼哭狼嚎的室友，最后挂了电话。

大三了，我本来很想在部门里再留一年，但是很可惜，我没能留下来。

我放下了单恋，教他们留任部长要怎么面试，珍惜着最后这点时光。

我们不在一个专业，不在部门里就没有交集，今后关系也只会越来越淡。事实和我料想的一模一样。

大四了，过了一年，我还是没能再有喜欢的感觉。我偶尔也会羡慕别人有一个对象，也想在冬天抱住某个人，我手很热，可以免费当别人的暖手宝，但是我没有这个机会。

不过其实也没什么关系，我是闲不下来的人。退出部门后，我又申请了别的学生工作，大三上半年我过得很充实，下半年和小伙伴们一起在家里上课我也觉得蛮快乐的。

开学了，我找了份工作，比之前忙了三倍。我偶尔还要去给老师帮忙。总之我大四过得十分忙碌。

舍友保研后被老师抓去做一系列她没有接触过的研究了，她沉迷于知识的苦海。我们四个人在宿舍里长吁短叹，感叹生活不易且苦闷，她们突发奇想，帮我在学校的表白墙上投了征男友信息，等着看朋友们的反应。

朋友们倒是没什么反应，就是突然有好多人加我为好友，把我吓了一跳。

第二个男孩子和我有二十七个共同好友，我们稍微聊了些，他也喜欢摄影，我们聊得还算投机。

他很优秀，看表白墙是因为走不出前女友留下的阴影，只是纯粹为了好玩，最后他也发文澄清了。

那天晚上他约我出来聊，我们说了很多有的没的，最后拍了很圆很亮的月亮。

之后我去新街口玩，给他带了买三赠一的泡芙。

我最近戒糖，舍友看到我又吃甜的肯定会把我说一顿，我挺感激他能帮我解决这个问题的。然后我们又聊了聊。楼下的小猫好像很喜欢我新买的衣服，一直往我袋子里钻，他说这只猫很喜欢我，上次我俩一起来喂它时也只吃我喂给它的那一碗猫粮。

但是我所期待着的恋爱终究还是不会出现。

告别他之后，为了抢救怕猫的小姐姐，抢救被猫当作猫抓板的书包和她马上就要落地的手机，我被那只最喜欢我的猫挠了一爪子，不痛，但是流血了。

我把这件事告诉了他，调侃自己拥有了半年的撸猫免责权，他很久都没有回我。

很久之后，他回了，我们讨论了一些可不可以报销之类的问题，就再也没了下文。

直到今天，我们的对话还是停留在那里。我明白我们不会在一起，只是这样的开场很有故事情节，仅此而已。

很无聊对吧？在我身上发生的和恋爱有关的事，最后都会这样悄无声息地结尾。

我不觉得我长得不好看，但我也好像没什么值得被喜欢的地方，我对恋爱充满向往，但是我深知自己还没有被爱的资格。

我的青春好像和别人不太一样，动心这种限定的情节，好像马上就要过期了。

不过也没什么关系，我的大学四年同样精彩有趣，即便是没有恋爱也过得很充实，我收获了很多技能和令我心动的offer（录用信），明年毕业之后我就要离开这里，去我喜欢的城市。

大学四年里缺失的所谓恋爱的经历，不会对我的人生产生什么影响。只是我偶尔会有点遗憾，毕竟四年的时间过得很快，我最后能有的校园恋爱机会也快消失了。

谢谢你看到这里！能够完整地把这两件事写出来我已经很开心啦。

祝姐妹们赶紧找到适合的自己的那个人哦！

星辰碎成饼干屑

甜星球居民：吃什么糖醋鱼

当我在我家楼下对他说出那句“其实我已经喜欢你很久了”的瞬间，我的暗恋结束了。

那个盛夏刚来临的时刻，是我们最后一次见面，至少我是这么认为的，因为在我们约定见面的前一天，我才知道他有了女朋友。

我们认识是很久很久以前的事情了，久到他已经全部都忘记了。可我还记得，那时候我十一岁，他九岁，我们都是不知天高地厚的小孩。看他如此阳光，我总喜欢去逗他，逗得他每次扭过头不搭理我我才满意。“厚脸皮”如我，总是求着他叫我姐姐，但是他每次都不愿意，嘴巴抿得紧紧的，好像下一秒我就要撬开他嘴巴似的。那个时候的我性格张扬，如今回过头来这么一看，我像极了在调戏良家妇女。

我们还在同一个小学上学，在学校我和钱大一人握着一把扫把站在公共场地，而他穿着蓝色羽绒服，双手各提着一个垃圾桶认命般地朝我们走来，隔老远我都能看见他幽怨的眼神，我忍不住笑。我们俩能互相仇视到什么程度，大概就是双方不声不响，但是两人一对视，眼神里好像可以散发出什么魔力，可以给对方致命一击。

不知道为什么，那个时候我总是想和他说话，但是他对我总是爱搭不理，或者有的时候就故意“怼”我，虽然我会在他“怼”我的时候咬牙切齿，但是我还是喜欢他和我说话。

在学校里，我们偶尔会碰见；在外面，我们在同一个琴行学习乐器。其实，讲个秘密吧，我是看见宣传海报上抱着吉他的他，才选定的这家琴行。但是，由于我们彼此的课程时间不同，我们从来没有在琴行相遇过。

后来我小学毕业了，我们很久都没有见过面，也很久没有说过话了，我以为我们再也没有机会说话，那个时候我只是觉得有点惋惜，但是也不是什么大事。我会在每次月考前想起他，在中午吃饭的时候虔诚地希望他可以保佑我。

我在初中的时候悄悄打探到了他的QQ，不过，我加了他也没和他聊天，他只是安静地待在我的列表里。

后来他来到我们初中，那天我站在学校门口的布告栏前，仔仔细细看完了所有的分班表，只为找到他的名字。老天保佑，我们又在一个学校里啦。

在学校我偶尔能看见他，我也尝试过和他打招呼，说几句不咸不淡的话。据钱大所说，每次我和他说话，脸都会变得很红，但是这不是重点，因为那个时候我和谁说话都会脸红，这大概是青春期的羞涩使然吧。

不过他已经不记得我了，我喊他名字的时候，他大概只会觉得我是一个很奇怪的人吧？但是他从来没有问过我为什么能喊出他的名字，更加奇怪的是，他虽然不认识我，但还是和我聊天。所以初中时期，我们俩相处起来大概就是——

我自信地回头："嘿！好巧哦，你也在这里呀？"

他："你是谁啊？"

他刚上初一的那一年运动会，我在操场上捡到了一张校卡，根据校卡主人的学号来推算，正好是他们班的。那一刻，我觉得老天爷都在眷顾我，这不是又给了我一个机会可以去见他一面吗？

于是我整装待发。当时我正好在我们班的看台区域下面发现了他，于是我美滋滋地走上前，叫他的名字，叫了两遍，他茫然地看向了我。

我拿着校卡，理由正当地与他对话："我捡到一张校卡，是你们班的吧？"

他看了看，点了点头。

我："那你帮忙还一下吧。"

他："我就要比赛了，现在还不了。"

很巧，他妈妈就站在旁边，然后他妈妈接过了卡，去还给那个女生了。

他没有抬头看我。我记得，那个时候，我有些难过。其实他说了很多次，他已经不记得我是谁了，所以，不管我怎么做，他还是觉得我是个陌生人。

那个时候的我，只是因为他没有抬头看我而难过，但是那个时候的难过还很小，不足以让我伤心。那个时候我的心也很大，不足以因为一个小男孩的忘记而否定我自己。

初中毕业，我来到了我的高中时代，我更加笃定自己再也见不到他了。这个世界那么大，不会因为他曾经带给过我美好的记忆，我就能再遇上他的。

2017年的元旦，我和好朋友在商场的娃娃机前使出十八般武艺，好不容易夹中了一个鸡崽玩偶。

当时已经是冬天的傍晚，那天是阴雨天，外面黑漆漆的，风还特别大。

我抱着玩偶，心情特别好，一蹦一跳地拉着朋友冲向出口。商场的塑料门突然被打开，冷风瞬间灌了进来，然后我看见很久不见的他迎面朝我走来。我愣了一下，看着他，脸上还带着刚刚抓到娃娃的笑容，然后他也看着我。

我心里大喜：这也太巧啦！

那时我以为最好的运气，就是可以在一段时间内无意间见他一次。

谁知道在2018年的5月，因为一个盗号贼，我们重新认识了一遍。这次有些搞笑的重新认识，奠定了我们俩之后层出不穷的有趣故事的基础。现在想来，他在我列表沉默了那么多年是一个伏笔啊，我真的很谢谢盗号贼，没有他，我可能也不会有勇气去和他说话。

他把号找回来之后，接上了我和盗号贼的对话。

我：你是不是被盗号了?

他：对的对的，现在应该没事了。

他：抱歉，忘记备注你的名字了，你是?

我：小饼干。

他：我认识的人里面没有姓小的。

我直接恼火。

于是我报了自己的名字，然后说其实我已经认识他很多年了，他略微抱歉地说已经不记得我了，我想没事，反正小时候你对我印象也不怎么样，重新认识挺好的。

那时我以为可以有一个很美好的未来，因为我和他终于有机会可以变成好朋友啦!

我喊了他多年前我专门为他起的外号，他欣然接受。

他：话说，你初几?

我：我高二，按照年纪，你得喊我一声姐。

他：姐。

我：嗯?

他这一声“姐”叫出来是不是比原来容易太多了啊?我顿时热泪盈眶，这要是被之前的我知道，一定会开心得冒泡吧?

那段时光真的很美好，我们没见面，也都在学校，只能每个礼拜六聊上几句。我坐在车里，手上戴着世界杯的可乐包装纸手环，想着，我这算是又联系上他了吧？一想到这个，我就开心得不得了。我们的聊天其实也就是回复对方的留言，不知道为什么，我们俩同时都在线的机会并不多。

我记得那年的六一儿童节，我第一次祝他节日快乐，回去以后兴冲冲地打开平板看看他有没有说什么。他说：我不过六一儿童节，我不是小孩。我想笑，脑海里浮现出他小时候喝着QQ星一脸不爽的样子。

后来，我们聊的内容越来越多。我们都喜欢漫威，也都喜欢《神探夏洛克》，每次他来找我的时候我都会很开心，我一听到QQ的消息提示音就马上想会不会是他来找我了。因为他时常不在线，所以每次他上线，都是他主动来找我。

2018年的8月初，他在外面学习，我告诉他如何辨别北极星的方位，我和他聊学校里的趣事，我告诉他我所有莫名其妙的幻想，我自己创造的人物——弗兰克博士、星际海盗麦克尔，还有我自己幻想的整个故事线和我的星际宇宙。

那个时候，我就像是探索奥秘的船长，坚信自己手上的藏宝图可以寻到宝藏，而他就是我最信任的大副，和我一起天马行空地胡说八道。年轻的时候真好，有人可以陪我一起做着不切实际的梦想。

后来我们的聊天越来越放松、越来越不客气，关系也越来越好。

我曾担心过他会不会觉得我太普通而不愿意和我一起玩，而他却说：优秀的成绩哪比有趣的灵魂重要呀？

他：你很孤独吗？

我还在纳闷，我看上去像个孤单的人吗？大概是他看我半夜还在线的缘故？那只是因为我难得碰见他，所以我还不想睡觉。

我：不孤单呀，我很喜欢你啊！但是！不是那种喜欢！是长辈对晚辈的慈爱。

他：我也喜欢你啊，当然也不是那种喜欢啦。

长大以后的他，越来越优秀，我们重新认识的那一年他初中毕业，考上了我们市最好的高中的实验班。他很厉害，但是他本人没有一点傲气，反而很谦逊。一直没有什么大志的我，就读于普普通通的中学。

其实从这里就可以预见我们的未来会走两条不同的道路，但是那个时候的我并不知道未来会是如何。他很有上进心，对于自己想要的东西就会去争取，我没有什么强烈的非做不可的梦，所以我都是得过且过，不然我会累。这么看起来，我们分开也是迟早的事情吧？

后来到了高三，我越来越忙，唯一的乐趣就是回家能够看见他的留言。2018年的圣诞前夕，我在外面考试，我告诉他我在考试的时候写故事用了他的名字，他说：没关系啦，记得给钱就行了。我说：可那是主角！他说：那我开价更高！现在想来，那个时候我真的好快乐，和现在一点都不一样，但是也回不去了。

我：我给你寄个贺卡怎么样？

他：好啊！

于是我第一次寄了一张立体的贺卡给他，后来他告诉我这是第一次有人写贺卡写信给他，他很高兴。说起那封信，我在上面贴了很多花里胡哨的胶带，现在想来真的是有些惨不忍睹，至于我到底写了什么，我也不记得了。

他祝我考试成功，想要追的东西就努力去追吧。

元旦，他的生日，我和他聊天的时候突然聊天框下起了“蛋”，搞得我们俩同时疑惑。于是为了探究这一意外事件，我打了满屏的“蛋”字，后来他也打了“蛋”字，还在后面加了个句号，可同样没有用。我们俩笑着，真的有点快乐。

那天，他在零点断网之前大声嚷嚷着“长恨此身非我有”，而我在零点祝福他生日快乐。

后来的寒假，他回消息回得很慢，有些时候看见我的消息也不一定会回复，我也开始检讨自己是不是话太多，再加上我下个学期就要高考了，干脆把QQ卸载了。

直到开学后的四月，同学交给我一封厚厚的信，是他寄来的信，因为他用了他们学校特制的信封，我没看懂，第一眼我以为是保险公司给我寄来的信……后来我急忙去拿，手背上蹭破了一块皮，到现在我的手背上还留了一道浅浅的疤。

他写了四张纸，我小心翼翼地翻来覆去看了好几遍。信里有说，他很抱歉在寒假刚开始那几天没有怎么回复我，他说他在寝室卧谈的时候提起过我，他的朋友们都夸我可爱，他觉得很高兴。后来他说他的同桌也知道我，因为他对他的同学提到过我，他说他们都很喜欢我。我当时的心理活动是：我何德何能！

信的最后是几行字：我记不清你的脸，忘了你的声音，亦不知道你现在的消息，但我知道，你也在这里。

这几行字把我看得眼泪一直往下掉。

回家之后，我赶紧把信放进了我的大箱子里。从小到大我都会收集一些在某些时间段对我有意义的物品放进这个箱子里，这是我最珍贵的东西。

其实刚开始我并不清楚我在他的心里算是一个什么样的人，是一个聊得不错的网友，或者是一个普通的好朋友？可当他在信里写下那些话的时候，我发现，其实他也很乐意和我成为很好的朋友。从那时候开始，我就知道，我们真的是很要好很要好的朋友。

在四月选考之后，我又下载了QQ。在路上我就迫不及待地点开他的头像，我说我选考考完了，他那次很罕见地迅速回复我：收到信了吗？

我捧着书一跳一跳地走在学校里，阳光洒在地上特别好看，我的心情也很明亮。我说：收到了！然后我现在要坐公交车回家，我应该怎么走啊？他发了几个句号，问我要从哪里到哪里。

高三下学期其实是我高中最痛苦的回忆，因为一些事情，我过得很不好，我觉得自己所有的能量都被耗尽了，那个时候我总是自我怀疑，觉得我的人生压根就没有光。2019年的五一假期，那天天气很好，我刚从书店楼梯走下来。

下午四点的阳光金灿灿的，我走过门口的拐角，抬眼一看，穿着校服的他正朝我走过来。夕阳勾勒他的轮廓，一时间我都愣住了，直到他走过我的身边，我也没有打招呼，只是一直看着他直至他消失在转角。

那天晚上我趴在床上，卧室里没有开灯，只有客厅的光从门缝里照进来，放在一边的平板电脑里放着周杰伦的歌，而他在手机屏幕的另一边安慰我。

我：我想去迪士尼城堡，你能不能打电话通知他们让我也住进去啊？我想和公主们一起玩。

他：虽然我没有她们的电话，但是我可以今晚努努力让菩萨托梦给我，我安排你住进去啊。

我：菩萨都出来了吗？哈哈哈。

他：希望城堡里也会有王子哦。

我：哈哈，这倒不用啦。

其实我知道第二天我就要回到那个让我压抑的教室，还要看着四四方方的天花板。

他可能还不知道，那天对于他来说只是很普通的一天，但是其实对于我来说，那天晚上是我迄今为止经历过的最温柔的一个夜晚了，再度回头看，温柔得还是想让我掉眼泪，也许是黑暗中的光吧。

我不喜欢沉默寡言的自己，我在尽力让自己开心，但是在当时的压力下，真的很难。他知道，所以他希望我能够少掉眼泪，多笑一笑。

临近高考的时候，他给我写了一封信，当然我没有及时收到，还是他在我考完之后告诉我，我才知道的。高考结束那天下着雨，我打开手机，看见他祝我六一儿童节快乐，我开开心心地发了一句“我考完啦”，他没过多久就回复我了，问我考得怎么样。

就算数学很难，但是我还是好开心，我返回去找他寄的信，但是找不到，最后毕业典礼那天，我在学校的信框里终于找到了他的信。他说他把我们之前所有的聊天记录都截图下来，没事的时候就翻一翻，一路上我蹦蹦跳跳的，同学们都以为我得了失心疯。

他当时建了一个相册，里面是他随手拍下来的美食合集，只有我一个人能够看他的这个相册。提到美食，我可就不困了！我爸爸做菜特别好吃，我给他发过我爸爸做的口水鸡，也发过我爸爸复刻语文作文做的凉拌马兰头。

他：这口水鸡看上去也太好吃了吧！我想吃！

我：你下次来我家玩就能吃到了！

他：会不会太突兀了？

我：不会的。

他：我几乎没有到同学家吃过饭呢。

我：原来你是因为这个觉得突兀啊，那以后你一定要来玩哦！

我：你喜欢吃酸的辣的，我喜欢吃咸的甜的，以后我们要是一起吃火锅我们就点鸳鸯锅吧！

他：好啊！我先记下啦！

那个暑假，我们第一次见面，总时长为一分钟，他来拿我的历史书，而我却提早了半个小时站在约定的地点。老天爷，你能不能告诉我，为什么我如此紧张？我高傲冷淡的人设最终还是被推翻了吗？

那天我还穿了一件格兰芬多的校服，现在想起来，我当时真的是好蠢啊。高高的男生骑着自行车，他见我的第一面说：“你不热吗？”我尴尬地抽出历史书交给他：“你别问这个行不行？”他慌忙道歉：“啊，对不起对不起。”

后来的假期里，我就像一匹脱缰的野马，之前的那些不快乐全部都烟消云散了。他在学校，没有什么假期，我们唯一聊得很久的一次是他从学校回来的那次。

那天我们这个靠江的城市还涨了大水，雨不停地下，我最后握着手机不知不觉地就睡着了。

他祝我梦见白敬亭，因为我喜欢白敬亭，只是那天晚上我却梦到了他，梦的内容居然是我们两个一起写作业，最后因为我把橘子皮扔在他的书桌上，他生气了。

我给他写了一篇关于他和弗兰克博士的短文，他看了之后很喜欢。我也给他看我自己亲手画的两个小石头，是两只小企鹅的样子，它们的名字是沙沙和雕雕。

我喜欢写作，总是写一些天马行空的小故事，而他永远是我最忠实的读者。

他曾经说过没想到我比他还搞笑，我正要发作，他补充：“但是你超级可爱啊！”

我说：“我知道我很可爱啦。”

他代表挪威参加气候大会的辩论赛，我看了他转发给我的文件，看完之后我眼睛亮亮地问：那你会穿西装吗？他说：因为要参加活动，所以我买了一套西装。

我：啊？这……

他：什么？

我赶忙随便找了个借口：这乞力马扎罗上的雪都要化了。（文件里面提到的气候变暖导致的结果。）

他：什么乞力马扎罗的雪？我到时候把照片发你。

我：好的，我准了，我允许了，哈哈哈！

他：喂，你是不是太得意忘形了啊？

后面他真的发给我几张他穿西装的照片，虽然我没有保存，但是依稀记得有几张照片里他在努力地摆着造型。电话里，我光顾着傻笑，而他"喀喀喀"地提醒了我的得意忘形，我才反应过来，说"好看好看！"，他才满意地笑了。

后来我上了大学，有些时候会给他留言，告诉他有什么有趣的事情。

我们看《我和我的祖国》，曾经激烈地讨论过各自的泪点。

他问我："你有男朋友吗？"我说："白敬亭？我们关系一直很稳定。"他说："你醒醒吧，那我也有女朋友，艾玛沃特森就是我的女朋友。"

后来他每次回来都会找我，只不过不像以前那样经常找我了。他曾经给我拍过他们学校的视频，相当于他的vlog（视频日志），一共有三个，可惜只有一个上传成功了，其他两个到现在还存在我的手机和电脑里，有些时候我想他了会拿出来看一看。

他生日是在元旦那天，他说因为那天是节日，所以很少有人会记得他的生日。那年我给他准备了一个小小的生日礼物，他说他那天其实想给我打电话，只是他把我的电话号码存在手机里，他忘记带手机了，就没有给我打过来。其实我已经很开心了。

大一的第一个寒假，我也没有想过能和他再一次见面。一天早上，我起来边吃早餐边看《新三国》，我在想：诸葛亮真帅呀，我要是能去成都武侯祠看看就好了。QQ提示音响起来了，是他来找我了，他说天气这么好，问我要不要一起出去散散步。

我：啊？我看看我头发油不油！

他：关头发什么事？

听听这发言！我没说话，赶紧放下早餐冲进房间。老姚听说我要出去和他见面，赶紧和我开了视频。我慌忙地问她我要不要化妆，可后来我意识到我根本不会化妆。

老姚笑着说："你这是要出去约会吗？"最后，在老姚的指导下，我涂了口红，穿上了我最喜欢的橡皮红棉袄和格子长裙，蹦蹦跳跳地出门了。

那天天气真的很好，冬日里的阳光照在皮肤上，暖暖的。我一路小跑，快到报刊亭的时候我才放慢了脚步，扭过头看着车玻璃整理了一下乱飞的头发。

我站在阳光下等他，那里还有一只同样在晒太阳的小花猫。它正悠闲地靠在墙上，我站在它面前它也不害怕，于是我蹲下来看它。后来我回头看见一个瘦高的男生推着自行车从我身边路过，看见他在前面左顾右盼的样子，我忍着笑，大声说了一句："我在这里。"

他回过头看见我，朝我腼腆一笑。

当年的小男孩如今长高了，依稀还有当年的模样。

我快步走上前和他并排着走，他推着车，我说了很多话，他也打开了话匣子，路还没走几步，我们就逗得对方笑得直不起腰来。

我们去看了我们曾经的母校，走在江水边时，一月午后的阳光正好，江面波光粼粼，周围还有江水的味道。他走在我的旁边，我们说着各自的以后，我们一起说话一起笑，好像我们本就该这么快乐。

阳光之下的小小世界，所有的苦恼与黑暗都无处遁形，我只要看着面前的美好人间，其他的什么都不用去想。江水泛着温柔的波光，再平常不过的下午，人们坐在江水边漂着衣服，而我看着这一处凡尘人间，心底柔和得不得了。

他："你说的红墙夹道是什么呀？"

我："是成都的武侯祠呀，好希望有一天我能够去看看。"

我给他准备的生日礼物是一个小猫玩具，他送了我一本日历。

那天他带我逛了江边，还带我去了古城，至此之后我每次一个人去外面闲逛，走的都是他带我走的这些路。

过马路的时候他朝我招手，我很开心地朝他快步走过去。我走路不看路，只顾着说话，一辆电瓶车从我面前擦着过去，直到他伸出手拦在我的前面，我才发现有多危险。走路时，他都走在靠近马路的那一侧，每次我都是后知后觉才发现。我觉得我是姐姐，我应该保护他，于是过马路的时候，我总是伸出手护在他的背后，做一个称职的长辈。

他：“你怎么像个长辈？”

我：“我本来就是长辈。”

在书店，我用他的手机看他给我拍的视频，而他坐在我身边看我给他挑的《中老年人玩转微信》。我们俩坐在书架之间，偶尔会说几句话，我一看见他就想笑，他却说我笑出猪叫声，我忍无可忍轻轻踹了他一脚。

那天我真的很开心，存包的票根我还留着，夹在他送我的那本日历中，现在票根上的字迹都消失了，不仔细看，就像是一张小小的白纸。

回去的路上，他突然说：“我这次记住你的样子了，我再也不会忘记你了。”

好家伙，我怎么感觉有点感人啊？

他推着自行车问我要不要坐上来，载我回家，我吓得连连摆手，最后他只能和我一起走路回去。我们还去了我们以前的幼儿园，在那里我偷拍了一张他的背影。

到了分别的时候，他说：“我看你眼睛亮晶晶的，感觉怎么像要哭了一样？”

我突然双手抱拳，给他鞠了一躬：“因为我喜欢有趣的人，我觉得你挺搞笑的，我以后还能找你吗？”

他见我这样，也双手抱拳，给我鞠躬："当然可以了，以后我们还有很多的机会见面。"

旁边在晒太阳的大爷一脸疑惑地看着我们俩。

他："好啦，我又不是上战场，再也不回来了，我们下一次就可以见面。还有……我是我们学校元旦会演的主持人，你要是实在想我了，可以看看视频。"

我："好的，你要说话算话！"

看着他骑车远去的背影，我在他后面大声地说："你要说话算话啊。"

我不擅长处理离别的情绪，所以我不喜欢分离，每次我们告别，他都是笑着安慰我说："没有关系的，离别就意味着下一次我们再见就又有新奇好玩的事情可以分享啦。"

就像是《行者》中写的那样："你的表情总是很温暖，像一阵无心的阳光，扬起我心上的柔软尘埃，本来要哭出的眼泪就此忍住，忍不住的，是拔足向你奔去的愿望。"

真令人心向往之啊。

走回家的那段路上，我脑子里想的全是他。我一路都在傻笑，我才意识到：完了，我好像是喜欢上他了。

我回家躺在被窝里回想着下午的事情，和老姚语音都觉得无比幸福。

后来年初暴发了疫情，我每天在家里刷新消息，给他留言让他注意安全，我还告诉他我喝了什么味道的奶茶，特别好喝。隔了十几天，他一上线就告诉我他明天回来，大概有一个小时的时间可以闲逛。我说：那我们可以见面吗？他说：不然呢？我要这一个小时干什么？我当时很开心，只可惜那天下着雨。

我最讨厌下雨天。那天，我弄丢了口罩，但依旧站在报刊亭等他。我为了让自己看上去不那么专注地等他，佯装自己在看手机，以致没仔细看其实他就在报刊亭的另一边等我。等他跳出来走到我面前时，我忍不住笑了，他说我每次见他总是笑。

他那次没有穿校服，他问我："我这身还行吗？我妈妈给我挑的衣服。"我捂住嘴笑着说："还行吧。"

走在路上，他突然从口袋里掏出一个布袋递给我，说这是他送给我的礼物。我打开，看见里面有一个晶莹剔透的小碗，里面还刻着两条金鱼。这礼物送得很符合他文人墨客的气质，我暗暗地想，然后小心翼翼地将小碗装进口袋。

他说我送给他的那只小猫玩具，他在学校里的时候一直都带着，连吃饭都带着，可是小猫不吃青菜。我大喊着："因为小猫爱吃奥利奥饼干！"

他低头吃饭的时候，我就撑着下巴看他吃饭，只不过他应该不知道我在看他，我真想那刻可以永恒不变。吃完饭，外面在下雨，我们去商店里给他妹妹挑了礼物。

他很喜欢下雨天，但不喜欢打伞，我觉得他的心理就像是小学课文里写的"让雨亲亲我的脸庞"吧。我努力地举着伞，后来他捏着我的伞柄，我们俩虽然穿着厚厚的棉袄，但是我俩胳膊挨着胳膊，我居然有点紧张。

他总会抢在我前面开门，让我先走，我每次都会在心里感慨："哇，这好绅士啊，我的天。"我捂住嘴偷偷地笑，他每次看见我偷笑后都会问我到底在笑什么，我就会糊弄他说："没什么呀，我就是喜欢笑。"

最后分开的时候，他抱着要送给妹妹的小鸭子，我给他和小鸭子拍了一张合照。

除夕那晚，我赌气他不理会我给他发的"新年快乐"，于是我关了QQ，后来上线的时候我才发现他的道歉，但我没有回复。在零点的时候，他突然给我发了"新年快乐"，我开着玩笑说：我本来还想给你打电话呢。他没有说话，紧接着他的电话打了过来，我颤颤巍巍地接了起来。

他说："新年快乐。"那一刻，我听着窗外远远的烟花绽放的声音，觉得一阵恍惚。当然了，我心里也很愧疚，我不该生气的。我结结巴巴地说："那……那我也祝你新年快乐吧！"他笑了，他一笑，我也想笑。

我的生日，受我之托，他给我写了一首诗，那首诗写得真的很好。他很喜欢看书，所以文笔很好，提起文人雅士的时候，他的眼睛总是亮亮的。在我心里，虽然他很搞笑，但是他知识渊博，看起来还是很有江南文人的温厚气质的。

把我想象中的他放在从前，他便是在江南烟雨中撑着伞在古街中行的教书先生。

他和小时候不一样，长大后的他明显更温柔，小时候的他还有些调皮和阳光呢。很难说我喜欢哪一个时间段的他，我只是喜欢他。

他喜欢《火影忍者》，最喜欢的角色是宇智波佐助，而我最喜欢的是春野樱。他的QQ头像是宇智波佐助，于是我偷偷把头像换成了春野樱，我还此地无银三百两地告诉他："我只是喜欢小樱，和你头像是宇智波佐助没有任何关系。"

于是我们就顶着画风不同的佐樱头像很久很久，后面我把头像换成卡卡西了，因为我也很喜欢卡卡西。

我写了一个时间胶囊，里面是我想对他说的话，想两年后再交给他。因为时间胶囊有密码，所以现在打开它的话，只能看见倒计时的分针秒针在转动。

后来，无论我给他发什么消息，他都不怎么回复了。他告诉我，接下来他会很忙，我知道他学习压力大且对自己要求高，我没有打扰他。但是在疫情期间我很郁闷，也做了很多个关于他的梦，我会戴着口罩重新走一遍他曾经带我走过的路，他的相册里有一张照片是他在古街后面的街道上拍的老树。

我走到那里，找着他拍照的角度，想着：应该就是这里吧？我会想他什么时候放假，会不会在书店，于是我就在书店等了一个下午，但是我没有遇到他，其实我是遇不到他的，只是，万一呢？后来我回了学校忙了起来，便没再想他了。

暑假，七月，他突然来找我。他说他现在在外面闲逛，还发给我一张江边摩天轮的照片：这里什么时候建了个摩天轮？

我：我也不知道!

那是夏天的傍晚，我老爸还在厨房做饭，我急着出门，随便吃了几口，说没胃口，想要出门。我老妈觉得晚上一个女孩出去太危险了，让我留在家里，最后因为我外婆从乡下回来了，要我妈开车接送，于是我乘乱拿上我的相机跑了出去。在路灯下，我一路狂奔，终于在马路对面看见了骑着自行车的他。

我急忙过马路，可等我到了那条街，却找不到他的身影。我站了一会儿，打算灰溜溜地回家，转过身却看见他从人群中朝我走过来。我愣住了。那一刻，我终于感受到了时间就像《大鱼》里面所说的——瞬间静止。我想，这是我做过的最勇敢的事情。

他笑着问我："你怎么也在这里？"

我举着手里的照相机，脸不红心不跳地道："我是来拍风景的。"

于是我们又一路闲逛，走到了公园，在嘈杂的人群里，我终于有了抬头看他的勇气。投屏上的灯光映照着他的脸，我偷偷看了一会儿，等他回过神来的时候，我已经低头假装在摆弄相机了。

我们走在江边的时候，江风轻轻柔柔地吹拂着我们的脸，我们聊着学校里的和小时候的事情，我总觉得怎么聊都聊不够，总觉得路怎么这么短，时间怎么这么少。

然后我仰头看着他，我两边的碎发被风吹在脸上，我问他学考考得怎么样。微笑不自觉出现在我脸上，我看见他看着我的脸也在笑。

回去的路上，他说要不然下次我导戏可以找他当演员，我说：

“好的呀。”他问我要不要坐他的车，他载我回家，我还是推辞了。

在路口分别，我们刚说再见，我转过头，眼里全是眼泪。

那一次分别之后的再见隔了快一年。

这一年里，他不怎么搭理我，我也识趣地不再和他分享我的生活，因为他看见了也不一定会回复我。我们的聊天框里都只是我一个人说的话，它们被留在了昨天、前天、大前天，每次看见它们，我总觉得我能听到自己的真心被踩碎后的嘲笑声，然后我也就没有那么快乐了。

在他生日那天，我还是熬到零点给他送了祝福。后来他回家的时候，我们打了一通二十分钟的电话，那天正好是一月八号，当年我们第一次出去散步也是在这个时间，我记得，那天下午的阳光特别好看。只不过，此刻我不在家乡的小城，我在宁波陌生的街道，我举着电话舍不得挂断，因为我也不知道我们下次联系会是什么时候了。

那天我开心了一晚，我说：“等下次见面我们能不能去吃好吃的？”他说：“好。”我说：“我觉得我们之间好像慢慢在疏远，你能不能不要把我推远呢？”说完之后，我又变得后悔极了。他说：“可能是因为现在我们都有别的事情要忙，暂时想不起对方吧？”

其实我经常会想起他，但是我没有说。

我们下次见面，我猜会在寒假，于是在这之前我亲手做了一个御守，想祝福他考试顺利。手工活我不擅长，是不擅长到从幼儿园开始就被老师嫌弃的程度，但我还是勉勉强强做出来了。可是寒假我们没有见面。

等他考试结束其实是很漫长的过程，我从2019年等到今年。虽然他对他的成绩不满意，但是对于很多人来说，他的成绩是真的很优秀了。考试结束后，他还忙碌了一段时间，我也在学校准备我的期末考试，但是他考试结束那天我很开心，朋友们都不知道我为什么这么开心。

后来啊，他回家了，他问我有没有回家，他说他现在在外面散步。我说我还没有，得月底才能回来。

他：我发现这里的变化很大。

我：怎么说?

他：这里开了很多新店，连书店也升级了。

我：哇，你有没有看见那个麦当劳，你有没有看见我给你发的85° C的小鸭子蛋糕?

他：看见啦。

我：等我回来，我们一起逛逛吧，这是什么天堂啊！我好想回家啊。

他：好啊！你很快就回来啦。

于是那几天我总翻看我们的聊天记录，觉得很开心。

到了月底，我回来的时候，他又走了。也是那天，我刚到家，就在QQ上看见了他的情侣头像，我的心底咯噔了一下，但是没有第一时间问他。

下雨天，我走在街上，突然看见他骑着自行车从我身边经过，我回头看他，本来想喊他的名字，但我走了几步又停住了。下雨天，我这么狼狈，我不想见他。于是我给他发了消息：我刚刚看见你啦。

十分钟后，他发消息问我在哪里。我急着办卡，手机在工作人员手里，没来得及回复他，但他直接给我打了电话，我这才跑出去接了起来。他喊了我的名字。我已经很久没有听过他的声音了。我说："等一下！我先戴个耳机！"

他问我是在哪里看见他的，我就手舞足蹈地比画着，但是他也看不见，只是笑着听我说。

我还补充："我本来想叫住你的，但是我想还是算了，你连回来都没和我说一声。"

他有些不好意思："我也是刚回来……"

后来他说："我现在买奶茶，你在外面吗？"

我说："是呀，但是我要回家了。"

他说："那明天见吧，明天早上我有个面试，下午我们就有时间可以见面。"

我说："我能问你个问题吗？你谈恋爱了吗？"

他沉默了一会儿，可能是没想到我会问这个问题，后面他说："是啊。"

那一刻，我出奇地镇定："你真的谈恋爱了？"

他说："对，你怎么看出来的？"

我："啊，好吧。"

他："什么？"

我："是什么时候的事情啊……"

他："就前几天。"

我："哦，没事，那我就先挂啦。"

他："那……那明天见啊。"

我挂了电话，重新走回去办卡，办完后，我一个人去了85° C，但是那里已经没有小鸭子蛋糕了。

我一路走回去，心里很难受，天还在下雨，渲染了我悲伤的心情。回家后，我默默流了一会儿眼泪，然后坐起来把准备给他的礼物从我的大箱子里拿了出来。

冰箱里还有一盒画着他名字的小人饼干，我买了两盒，本来我只想买一盒，但是买两盒才能发货，另一盒小人饼干上我就只能画我自己的名字。他的小人被我拿了出来，我的小人留在了冰箱里，我把冰箱门关上，突然就掉眼泪了。

那天晚上我想了很久，做了个决定：明天是我最后一次和他见面啦。

当天，我看了一下的天气，还有雷阵雨。下午，装礼物的玻璃罩碎掉了，我赶紧清理了一下。走在那条路上，我的心情和以前完全不同，颇有一丝沉重的味道，我觉得我的脚步很沉，心也很沉。我带着送他的礼物走向了报刊亭，他正好骑着车朝我而来，在很远的地方，他朝我招招手，我朝他微笑了一下。

走在那条林荫小道上，我们俩隔得远远的。我觉得我们和以前不一样了，我不知道该说什么，也不敢看他。他看见我第一眼就说："你是不是长高啦？"

我："我都几岁了，不会吧？"

路过玻璃橱窗时，我会偷偷侧过脸看我们的影子，我还是只到他的肩膀，和以前没有什么变化，只不过以前我留的是长发，走路时会蹦蹦跳跳地跟在他的身边，而现在我留的是及肩的中长发，他走在前，我走在后。

想去的公园被大水吞没了一半，我站在桥上，觉得自己很失败。

他努力地找着话题，而我只是回答，再也没有和以前一样不停地抛给他许多问题。到了奶茶店，他还是和以前一样给我开门，我忽然心酸地跟他道了声"谢谢"，便头也不回地走进去了。我们坐在落地窗前，我本该坐在他的身边的，但是我想了想，把书包放在了中间的座椅上。我和他隔了一个位置。奶茶店里放的都是周杰伦的歌，我们不说话的间隔，背景音乐是《晴天》。

我们不知道该去哪里了。他说："明明当年你说过要带我玩转小城的，现在怎么没主意了呢？"我没说什么。后来他看着手机在找附近可以逛的地方，我看着他的侧脸，心里在叹气。

我说："要不然我们闲逛吧，然后顺便闲聊。"

他说："可是刚刚我们走了那么久的路，都没有什么话可说，有点尴尬。"我只能强颜欢笑，尴尬吗？我不觉得尴尬。

后来他轻轻地摇着奶茶："现在放的是周杰伦的《明明就》。"

他和我说他这些日子在外面的经历，我听着听着，觉得他和我想的也不一样了。

当然我也没有不开心，世界不是一直不变的。

出了门，过马路的时候，他总是习惯性地朝我伸出一只手，就和以前我们俩过马路一样。我假装没有看见，加快脚步往前走。

我们每走到一个路口，就抛硬币决定向左走还是向右走，最后我们来到了我们第一次出去散步时路过的小区门口。我小时候进不去这个小区，他就带着我从地下车库坐电梯进到了小区内，他和我说他小时候来这里的事情，我就安静地听。

后来我们走在马路上，他走在前面，我走在后面。他说：“你快走到我这边来呀，你在后面多危险，你是不是又发呆了？”

我走在他身后，看见他小腿上有一道伤疤，也没法问出口“你怎么受伤了”。他和我说他暑假计划去外面旅游、学粤语、学篆刻还有健身，我本来应该很开心的，但是如今这些已经全与我无关了，他会越来越优秀，而这些我以后也都看不见了。

他问我暑假有什么计划，其实我买了一把尤克里里，想在这个暑假自学，但是我也没说，我说我没有什么计划。他可能还是觉得我和以前一样没有上进心吧？

他：“我这个暑假打算和朋友们一起去成都玩！”

我：“这么好啊。”

后来我们还是去了那条我们走过很多遍的古街。他最喜欢那里的古玩，我之前就知道了，他估计忘记了他和我说过，又和我讲了一遍，我还是仔细地听着。古街上那个有着白色长胡子的老爷爷问我要不要算命，我微笑地朝他摆摆手。

我们又走到古街外面的那条街，就是我找他拍照角度的那条街。

那条街的旁边很多古建筑都被拆掉了，他说：“你看，那边房子被拆掉了，到现在还没有建完。”

我说：“那些房子拆掉很久了吗？”

他说：“很久了，两年了吧。”

我心一颤，两年前，我们第一次来这里的时候，就是它们刚被拆掉的时候。我们来到那棵树前，他找出那张我看过无数次的照片递到我面前：“你看，这个是我当时拍的照片。”说完，他抬起头找着当时的角度，指给我看：“你看，就是那里。”

我点头，嘴上说着：“啊，是这里啊。”心里想的却是：我知道啦，我每次跑出来都会走到这里，因为你在这里拍过照片，那个角度我也都知道。

他满意地朝我点点头：“是这里哦，我还用这张照片参赛了，只不过当时是疫情紧张的时期，就没有结果啦。”我朝他笑笑。

我们沉默着继续往前走，路边有一只睡觉的狗，路过它的时候他有些迟疑，我使了个坏心眼躲在他身后说：“别怕，我保护你。”

这大概是我以前会做的事情吧。

后来我们到了他所说的旧书摊。他真的很喜欢看书，也很喜欢旧书。旧书摊里面的灯光很暗，书摊分为两边，我看见他走进了一边，我就走进了另外一边。想着这可能是我们最后一次见面，我的眼泪就掉下来了。

我站在那里，满脸都是眼泪，听见他要走到这边来了，我就悄悄去了另外一边抹眼泪。后来我听见他喊我的名字，然后还朝我走了过来，我赶紧往外走，一边走一边悄悄擦脸。他走过来问我是不是在躲着他，我说："怎么可能？"他说："真的没有？"我说："真的没有。"

但是，老板娘应该看见我在擦眼泪了。

后来我们去了书店。书店装修得和以前完全不一样了，我们在那里看见了《火影忍者》，那是他当时最喜欢看的动漫，因为他喜欢，我也跟着去看。

在书店，我走得很快，他突然在很远的地方叫我的名字，我走过去问他怎么了，他说："没事，看你不见了，叫你一声。"

后来我们就慢慢走回家了，一路上我还是不怎么说话。

他说："我感觉今天的你傻呆呆的。"

我说："没有吧？"

他说："有些时候我和你说话你也没听见，走路的时候还发呆，一脸有心事的样子，你如果有心事可以和我说啊。"

我说："没有心事啊。"

然后走到那条林荫小道上，他站在自行车前，又问我："你真的没有心事吗？"我沉默了。这时候，旁边走出来一只黑色的猫咪，它走到我的脚边贴着我，我弯腰看了看它，它又走到他的脚边贴着他，他蹲下来摸了摸它。猫咪最后躺在了我们中间。

他说："你说吧，过了这村可就没有这店了哦！你有什么都可以和我说的，是不是学校的事情？"

我看着他的脸，眼泪就掉下来了，我不是故意的，我也没想到这眼泪能说掉就掉。我赶紧背过身去，说："我觉得这可能是我们最后一次见面了。"他走到我面前看我，我转过去不让他看我的脸。他一直问我为什么，我没说话。

因为他突然有女朋友了，而我本来还打算在2022年的除夕和他告白的，但以后我只能和他保持距离了。

我说："你刚刚说我们一路上没话讲，其实我的手机备忘录里全是我写的要和你分享的趣事，其实我有很多的话要和你说，但是我真没办法说了。"

他沉默了一会儿，说："我们再往前走走吧。"

我们就一直走到了我家楼下。这还是他第一次送我回家。

他还在问："为什么今天是我们最后一次见面，以后不还是有机会吗？"

我突然想起两年前自己说过的那句话，鬼使神差地说："因为乞力马扎罗的雪快要融化了。"

他一愣，然后说："你在说什么？我好像没有get（懂得，明白）到……"

我："啊……get不到吗？我……我是胡说八道的。"

他朝我笑笑，我安静地看着他，坚持不让眼泪再掉下来。

我幻想过很多次我们再一次走在一起的场景，却没有想到会是这样的。

他靠着墙，很不解，我想了半天，看着他，说："因为，我喜欢你很久了。"

他估计大为震惊吧，但我也没有办法，想着既然是最后一面，那么一了百了吧。

我说："你先别说话，等我说完。

"我也不知道我从什么时候开始喜欢上了你，我只知道在2020年的1月8日下午3点45分，我在回家的路上，满脑子都是你。你的学校那么远，要不是因为你，我才不会在下雨天还坐车去那里，而且只是碰碰运气去偶遇你。后来，看见你的消息我会很开心，你不回复我的时候我会很失落，我珍惜每一次和你见面的机会。你说的那张照片，我看过很多次，我经常一个人去走那条你带我走过的路，去找你拍的风景，去找你取景的角度，这些你都不知道。那个夏天，我们不是偶遇，是我为了想见你一面而从家里跑了出来。我等了两年，我原本打算在2022年的除夕和你告白的，但是你现在都已经……我等了你两年，你为什么要这样？"

他愣住了，估计他也没想到我会这么喜欢他吧？

我说："你看，这就很尴尬，你尴尬，我也尴尬。我之所以想着这是我们最后一次见面，是因为如果我继续和你做朋友，对于我来说会很残忍。我不想和你做朋友，我和你没有血缘关系，我不是你姐姐，我也不是对谁都那么好，我不是做慈善的，为什么你都看不出来呀？可能对你来说，我只是你近年来认识的新朋友，但是对于我来说，我们是久别重逢，你什么都忘记了啊。"

他说："你的人生道路还很长，你才几岁啊？你以后肯定会遇到一个更好的……"

我知道，这是安慰告白者的经典语录，但是我不想听，这个时候其实他说什么，我都听不进去。

我说："我知道我人生道路还很长，但是你别说这些话，你说的都是我不爱听的。"

我说："差不多就是这样了，我也要回家了。"

说完我就转身回家，这是我第一次和他分别时没有回头，他在我后面叫我的名字，我也假装没有听见。上了楼梯回了家后，我才发现我的书包里还有一个要送给他的杯子，我只能跑下去把杯子给他，给完杯子后我说了声"再见"，但这回他跟着我来到了我家的楼梯上。

我转过身看他，他站在下面，手上都是我送的礼物，脖子上挂着我送的御守。他说："你就这么把我打发了是吗？"

那一刻我突然觉得很心酸，那个以前我捧在手掌心上的男生，现在很像一只委屈的狗狗。

他把眼镜摘掉，看着我说："其实你刚刚说的那些话让我觉得有些不爽。"

其实我心里有点尿了，我就怕他冲上来给我一拳。

我说："什么？"

其实这么多年来，我从来没有和他说过什么重话，我也是第一次在他面前掉眼泪，疯疯癫癫的，但这也是我第一次看他生气。他往前走了一步，离我很近，我退了一步，他看见我这样也退了一步，他说："我们这么多年的朋友，我们认识了九年，你舍得吗？"

我说："可是我没有办法和你做朋友了，我舍不得，但是我没有办法。”

他的鼻子很红，我第一次看见他这样，我感觉，我这次好像过分了，我不该说重话的。他说：“人不都是有感情的吗？你为什么总是把话说得这么绝对？说什么这是最后一次见面了？”

我说：“我还有什么办法？现在只有两种结局，一种是现在我们是最后一面，回去我就把你删掉，第二种就是我们慢慢疏远。两种结局都不怎么样不是吗？那为什么不选择第一种？我以后不会来找你了啊。”

我心想，怕是你和我待在一起，也会觉得很无聊吧？

他一直看着我的脸，我却不敢看他了。他一直说：“总会有别的办法的，这不是我们最后一次见面，你不找我，我能来找你吗？”

我摇头。

他说：“我不能来找你？”

我简直被气笑了，他这话说得好像我在限制他的自由。我忙着解释：“我不是那个意思，但是，但是……”

但是这一切都变了啊。

我说：“自从我说出那句话之后，我们就回不去了，我以后用什么心情来找你？你找我你也会觉得尴尬的，这都回不去了。”

是的，我又把事情弄糟了，我以前最喜欢的小少年，那个我从小到大看见他就笑的男孩子，现在就站在我面前，我把秘密说出来了，我们也就再也没有办法走在一起了。

我举着手机和他说：“你不知道，其实我的手机密码是你的生日，壁纸也是你的照片，我等了你两年。现在说这些，也没有用了，你就当我什么都没说吧。”

他微微皱着眉，往上走，走到我面前。我扭过头，尴尬地抠着墙皮，我说：“我也没有想过像我这样搞笑的人会受这种苦，难道这就是英雄的宿命吗？”

由于我提到了“英雄”以及“宿命”这两个关键词，于是，我当场给他唱了一首《杀破狼》。

我想，我不该让这最后一次见面变得如此沉重的。我们沉默的间隙，偶尔有邻居上上下下，来来去去，而且他们都和我打招呼，问我是不是放寒假回来了，问我吃不吃杧果。

后来我说：“就应该快刀斩乱麻。”

他突然问了我一句：“你斩得断吗？”

我噎住了，很小声地说：“我可以试试的。”

我心想，我们认识了九年，可是你什么都不记得了不是吗？前六年的事情你全都忘记了。

他说他的好朋友不多，我是他最好的两个朋友之一。我沉默了。

我想删他吗？其实是不想的，这么多年来，我这么努力想要和他说上话，怎么也没想到会是这样的结局。

我说：“我想过很多种结局，大多数是大团圆结局，因为中国人都喜欢团圆的结局，但是今天这个结局我没有想到过，很难看吧？”

他没说话，一直看着我，我也去看他的眼睛，但是没过几秒我就忍不住移开了视线。我们最后怎么会变成这样啊？

我说："你不用有负担，也不用有压力，这一切错都在我，都是我鬼迷心窍误入歧途，如果我当时冷静一点没有喜欢上你，也许今天我们就可以开开心心地说再见。"

他说："我们可以开开心心说再见啊，如果你想清楚了的话。我之前也有类似的经历，最后我把那种感情变成了友情。你现在说得太绝对了，很多事情，以后都不一定的，都是没定下来的。"

我说："那你定什么？"

他很着急地说，一副要和我理论的样子："我哪里有定什么？我没有定什么呀。"

我摇头："但是我真的做不到，我都已经喜欢你了，怎么可能还和你做朋友？"

他看着我说："你怎么傻乎乎的？"

我立刻回嘴："你才傻乎乎！"

他特别严肃，没有半点笑意地看着我，说："是你傻乎乎的啊。"

我们僵持在那里很久很久，最后他妥协了。

他说："如果删了我，会让你好受些，你就把我删了吧。"

我没说话，只是低着头。

他朝我伸出一只手，说："很高兴认识你。"

我愣了一下，握了握他的手，说："再见。"

最后，我走到四楼，往远处去看，却看不见他的身影了。我想，这应该就是我们的最后一面了。

我们认识了九年，我努力了很久，才让他从不喜欢我变成了把我当成最好的朋友，但是最后，我们又回到以前了。我曾经以为我是可以大大方方地向他表达我的心意的。

以前，我以为他是我的那颗星星，最后我才发现，星星也有转瞬即逝的流星。我的喜欢太浓烈了，忘记他是一件很困难的事，但是如果是现在的这种情况，那我不得不这么做。

其实，早在2019年的时候，我就想过，假如他有了女朋友，作为朋友的我，也肯定无法再像从前一样总是找他聊天。想到这个，我有过一瞬间的难过，只不过那个时候的我想着，那肯定是好久之后的事吧，我们还能多相处几年。没想到，最后我喜欢上他了。

重新认识的这些年，他对我很好，而且我也发现了他和小时候的不一样，我很欣慰。他越来越优秀，也越来越努力，本来我们一直是相处得很融洽的，只可惜最后一次见面，气氛很沉重。

以前他总说我话太多，我也觉得我总有说不完的笑话和趣事。我想像个小太阳，活泼又开朗，可以照着他，之前的时光里我也在努力发光发热了。

只不过这最后一次，真抱歉了。

也许喜欢一个人，刚开始就要表明自己的心意。我等了很久，但是我们相处的时间很少，大多数时间我会不停地翻看他给我写的信还有我们的聊天记录，等星星等月亮，等到今年的六月。

曾经我想，趁他还在我身边的时候，我要努努力加把劲，争取让他感受到我的喜欢，但是碍于他的考试还没有结束，我想，我可以等他一会儿的，等他考试结束，一切都来得及。但是我错了，我总是算不准下一步路，我也没有随机应变的本领。

每当生活中有什么苦恼，我都会想，如果是他，他会怎么做？每次想到这个，我都会重新鼓起勇气去解决那些我很害怕的事。我想，我们以后就可以见面啦，这些小困难算什么呀？我也总是在看见美好事物的时候想起他。

我本想着，暑假他终于有时间了，我终于可以多和他说说话，他也终于会回复我的消息了吧？但是生活从不像我想象中的那么美好，我们的故事就这么结束了。

恼人的雨季里面承载了太多我难过的心情，也许就像《晴天》里面说的一样，“等到放晴的那天也许我会比较好一点”吧。虽然这首歌的名字叫作《晴天》，但是整首歌里面也一直在下雨啊。

再次整理网页的收藏夹时，我找到了那个时间胶囊的网址。我输入密码，页面还是在显示倒计时，别的什么都看不见。我记得我写了什么，我曾想过要写长篇大论，但是我却将它们全都删掉了，只留下一句简单但诚心诚意的一句话：我真的很喜欢你。

最后，胶囊还是无法交到他的手上。

他知道，他也不知道。

真想时光可以倒流，回到我们初识的那一天。沿着北极星的方向，我也许就可以看到星际海盗在宇宙航行，数不尽的满天星星，挥不散假装的云淡风轻。原谅我那因分离而落的泪滴，割断了这九年漫长的光阴。

连雨不知春去，一晴方觉夏深。很多事情在不经意间，就已经给了结局和答案。

如果回到2020年初我们第一次出去散步的那天，我一定会好好珍惜那一个晴天。他就站在那阳光底下，眼睛亮亮的，朝我笑着说：“不要哭，我们下次见吧！”

仲夏夜之梦

甜星球居民：桔

他是我之前的左前桌，见到他的第一眼，我就有强烈的预感：这个人会成为我生命中重要的人。

我们都很喜欢唱歌，并且音乐取向相似，经常在课间一起唱歌。第一次见他惊诧的表情，是我突然对上了他唱的冷门歌的歌词，后来这首歌也成了我们最爱的歌。

他是个阳光风趣的大男孩，踢球打球时都帅得很。我暗恋他的时候做过一些可爱的事，比如，在拍板书的时候偷偷把他拍进镜头，偷偷拍我们鞋子的同框照，假装不会做题要他教我。周末的时候，他会故意不记作业，每次都来找我问，然后我们就会聊一个周末的天，直到再次在学校见面。

因为我们能在一起的时间太短，我害怕看不到未来，所以我一直有些逃避自己对他的情感，尽力压抑着自己的小小心意。

分班前最后一次晚自习，我们都很认真地活在当下，用欢笑诠释不舍，引用他的话就是："所以最后一次晚自习，她从我的右后桌变成了我的同桌。那次晚自习我们很开心，什么也没复习进去，即便第二天是期末考试。"期末考试后的寒假，他做了一场手术，我因为不知道他术后需要干躺六个小时，所以联系不到他的时候，我度秒如年、几近崩溃。那时候我知道了，我的心意被一锤定音，再也无法被压抑。

后来，我们不在一个班。虽然我们的教室离得很远，但我们还是每天保持着联系。我们偶尔也会一起吃饭，面对同学们的起哄，我们虽然表面否认，但内心是狂喜的。有一天晚上，他突然说他现在的班级里有一个女生好像喜欢他，问我怎么看。我冷淡地回复了他，之后自己伤心了一整天。

"不甘却不敢"，这是我第二天发的仅他可见的朋友圈。我们坦诚地聊过一晚后，他在清晨谨慎又认真地问我"你能让我以后成为你口中的男朋友吗？"，我说"好"。

在一起之后，回想起来，好像每一天都很甜。我们会在一日三餐和大课间的时候陪伴彼此。他踢球赛的时候，作为全场唯一的女生，我会害羞地坐在看台上给他加油，他中场休息的时候会迫不及待地跑过来找我，一看到我就绽开笑颜。我们在楼梯间聊天，在操场上牵手散步，在木桌上互相讲题。周末的时候，我们会出去看电影，在绿道上唱着歌、聊着天，逛上几个小时都不会觉得累，晚上我们就会吹着风，坐在公园的草坪上看月亮、聊天，度过很美好的时光。那时候我才知道，原来手机是一天可以只掉百分之十的电的。

我们之间发生的让我印象深刻的事情有三件。第一件，是我们第一次吵架。我们吵得特别凶，两个人在屏幕的两端哭着吵到了凌晨四点。第二天我直到下午一点才起床，一起来就看到他发来的微信，说他在我家楼下等了我几个小时，不忍心叫醒我，乞求我见他一面。

见面后，他抱着我流泪，说好怕失去我。后来我才知道，那天早上，他七点就起了床，给我写信，然后带着给我买的草莓味零食和信去见了我的朋友，拜托她在我们纪念日的时候把这些东西交给我（因为他纪念日的时候在老家，不能见我），然后就直接赶到了我家，又一直静静地等我。因为责怪自己，他还把我家楼梯间的栏杆踢坏了……

第二件。有一个周末晚上，我们在公园散心，我看着月亮，突然觉得自己何德何能，想到未来有一天我们可能会分开，突然就开始流泪。他一下子慌了，蹲在地上抓着坐在石凳上的我的手，眼里全是温柔和心疼。他一直问我怎么了，也跟着我一起哭。分开的时候，他紧紧抱住我，说：“我会好好照顾你的。”

第三件。我很喜欢玩过山车，他虽然害怕，但也想陪我一起经历。那个夏日很热，怕热的他耐心地陪我排了两个小时队，坐了人生中的第一趟过山车。后来，在信里，他写道：“用生死九十秒换跟你一辈子的回忆，多值得啊。”

后来，可能我们真的还是不合适吧，他对我的感情慢慢降温，最终用背叛的方式离开了我。

我用了一年的时间慢慢疗伤，虽然现在偶尔还会想起来，但已经不再痛了。我感谢他给过我那么多美好的回忆，让我体验过单纯又快乐的恋爱，也感谢他让我成长。

我有过不甘心，有过心碎，但那些都是往事了。身边的朋友提起这件事依然愤怒，但作为当事人，我真心祝福他，亦祝福她——他们已经分手，但我希望他们都能拥有各自美丽灿烂的人生。

前段时间，通过朋友的朋友圈，我看到了他写的一篇推文，里面引用了五月天的这句歌词："只期待后来的你能快乐，那就是后来的我最想的。"我也一样。跟我的预感一样，他真的成了我生命中重要的人，如果没有他，我就不会获得别样的成长，成为现在这样的我，而我很喜欢也很满意现在的我。我不再"不甘却不敢"了，现在的我为了减少不甘，勇敢尝试了很多事情，认真享受着每个平凡的时刻。

对啦，我们最爱的歌是卢学叡的《氧气》，我写下这篇文的时候，它已经不是冷门歌了。它成了被很多人喜欢的热门歌，我们也在各自成长为想成为的人。虽然我们不会像其他故事中的人那样有美好的重遇了，但现在我们各自都有很好的归属，并且互相祝福着前行，这对我们来说，就是最好的结局了吧。

谢谢你，成为过我的氧气。"夏天的风，我永远记得，清清楚楚地说你爱我。我看见你酷酷的笑容，也有腼腆的时候。夏天的风正暖暖吹过，穿过头发、穿过耳朵，你和我的夏天，风轻轻说着。”

再见啦，我的仲夏夜之梦。

往后的日子，我们继续加油朝各自的人生追寻吧！

大梦一场

甜星球居民：林西柚

他大我九岁，认识他的时候我刚大一。

国庆节，我沉迷于《守望先锋》。我在学校附近的网吧打游戏，进去的时候，我发现有一个人在打《守望先锋》，我就坐在他附近，想看看他是不是个大哥，能不能带我一起玩。

结果我这个电脑打不开游戏，换了一台还是打不开，我就坐在他旁边，说“哥哥帮我看看我的电脑咋回事？”，他就腾出手帮我弄好了。

声明一下，因为他的长相是我喜欢的类型，我才会坐过去的，而且他当时穿的是很简单的T恤，烫了头，戴金丝边眼镜，很符合我喜欢的类型。

然后我们就一起玩啦。我要走的时候，心想我好不容易看到个喜欢的，还是问他要个方式吧。于是我问他："你有女朋友吗？"他说："没有。"我说："那我们加个微信？"他说："行。"

聊了天之后我才知道，他是电脑坏了才出来玩的，他大我九岁，说一看我就是小朋友。然后我们就没再见过了，因为我也不是"恋爱脑"，没想那么多，也没和他聊天。结果我十月三号到六号回了一趟家，来重庆的时候发现有点晚了宿舍回不去，突发奇想，问他可不可以来接我。

他长得确实很有书卷气，不像坏人。其实我也挺谨慎的，平常真不会这么做。

他居然也没问我为什么，就说"好的"。这真的是我到现在都想不通的。

然后他接到我，我俩就去大排档吃夜宵了，吃着吃着我们就开始聊天，聊着聊着我发现我们喜欢的作家、歌手、歌都是一样的，甚至他说《直到世界尽头》里有一句话他特别喜欢，我说："我知道。"他说："你猜猜？"

我说："一去不回的时光，为何如此耀眼。"

他说："你真厉害。"

我看着他的眼睛，他的眼睛是琥珀色，不是我眼睛这样的深瞳色。我说："你让我想到顾城写给谢烨的情书里的那句'你的眼睛是琥珀色的'。"

因为喝了酒，又因为聊了这么多，我抽了口烟笑着和他说："我真喜欢你。”

他后来告诉我，他每次想到我，脑海里就会浮现那时候我抽着烟，一副不谙世事又对世界抱以新奇地对他表白的样子。

然后他掐了我的烟说：“走了，你这么年轻还是要注意哦。”

我俩在网吧打了一夜的《守望先锋》。

那天晚上我睡醒后，他和我说因为他工作很忙，以后我们一周只能见一次。

我可能还是年轻，血气方刚，我就问：“那你不想见到我吗？”

他说：“没有啊。”

我跟他说：“我喜欢你你是知道的。”他没说话，然后我说了好多比如什么年龄问题、生活社交问题的话，慢慢都要把自己劝退了，因为觉得有点蠢。

结果他半天后说了一句：“做我女朋友吧。”

后面我们过了两年多很开心的日子：打游戏，吃我喜欢的巧克力熔岩蛋糕，两个人交换最近看的书，去大理压马路，在去的店里的每个留言本上留言。

和他在一起，我学会了很多东西，他也教了我很多，我对他表示感谢。

我们养了两只猫，可惜他对猫毛过敏，但他知道我喜欢猫，所以每次都会很认真地清理床上的猫毛。我有说过把猫送走，但他也很喜欢猫，不过这是后话了。

然后就到了正常的桥段，因为他三十岁了，该结婚了，而我还在读大学，我家里人不同意，他父母也不同意。我和我父母闹了很久，还买了去重庆的票。我所有的希望最后都在他说出那一句“抱歉，我坚持不住了”后支离破碎。

我很理解他，却也讨厌他，理解他的孝顺，讨厌他的怯懦。

他有时候会来听我的全民K歌。

或许他偶尔也会有一点点后悔当时放弃我吧？

一去不回的时光，为何如此耀眼呢？

宝贵的真心

甜星球居民：匿名

嘿嘿，我想分享下我可爱的班主任。

第一次遇见我欣赏的男孩是在课间，当时全年级要一起去听一个文学类讲座。我们班先落座，我远远看见我们班主任教的另一个班的班长特别有气质，他在那引导他们班的同学就座。我一下子有些心动，就问班主任那个很帅的男生是谁，结果班主任就叫他过来，叫得很大声，我心里想：凳子间的间隙太窄了，我钻不进去呀……还好离得远，他听不见。班主任笑嘻嘻地说："好男生就应该喊过来，让一个班的女生一起看看啊。"

之后，我在学校平静地度过了一年，其间我要到了那个男孩的QQ号，我们依然不在一个班。一次，我和班主任聊天，我向她坦露了我的心迹。她笑得特别温柔，然后把我抱住，贴着我的脸跟我讲：“我一直觉得这种学生时代美好的感情是很珍贵的，加油哦。”然后她给我看那个男孩送给她的小玩意（他们两个关系一直很好），看我很喜欢，她就说：“这个我用旧了，改天给你要个有纪念意义的来。”她真的太高效了，隔天就塞给我一张他的亲笔明信片，我激动得语无伦次。她还特开心地要我马上看，想看看我的表情，被我拒绝了，哈哈。我默默挨了两周才看那张明信片，快乐了两周。

她当我的邮递员，帮我递送过好吃的（还吃醋说为什么她没有）、水仙花（还是以她的名义送出去的）、书（生日礼物）、明信片（因为他发生了一些事情，我想鼓励他)，都是当日达。唉，我㞞啊。

假期，她经常给我转发那个男孩发的朋友圈和发给她的照片。还有一次，我好几天没有看到他发QQ动态了，我跟班主任哼哼唧唧地说我好几天没有看到新鲜的XXX了，她说“我马上和他尬聊几句”，然后给我发了他俩聊天的截图。我每次都问她那个男孩考得怎么样，她说：“学校第一，开心吧？”

那个男孩很优秀，虽然我也是在重点班，但在排名上还是逊色于他很多。加之，我自己的情绪不太稳定，学习生活一失控，就会经常焦躁或忧郁。我在学校楼梯口碰见他，都不敢跟他打招呼，但是班主任一直鼓励我说：“很多事情其实没有你想得那么难。”

有她在，还有听我唠叨、被我当“工具人”、坚定地看着我说“你很好”的朋友在，我感觉是比遇见那个男孩更美好的事。

嗯……我来说说最近的事情。

我欣赏的男孩，是个特别优秀的人。我在音乐厅里第一次见到他，之后我们成了网友。我偶尔会点赞、评论他的动态，看他读诗、写诗，从远处关注他的生活。

每次在学校的楼梯间、办公室、宿舍门口遇见他，我都会很快乐。但我很久都没有让他认识现实里的我，面对他，我一直挺自卑的。

对他，对我的感情，我有自己的规划。他热爱文学，向往北京大学，他走路、站立都特别端正笔直，面色永远平静，胸中却有丘壑。

他学习很踏实，考试时发挥正常的水平就能考上北京大学。我特别喜欢中国人民大学，成绩也差不多能考上，我想着两个学校只有一两千米的距离，挺好的。

在考试前，我告诉自己一定不可以打扰他做他自己喜欢做的事情。

我偶尔送礼物给他，都是麻烦我的班主任，以她的名义送的。我想着，之后我们都在北京，我多看点书，丰富一下自己，再减减肥，勇敢一点，多去找他吃吃饭聊聊天，问题应该不大。反正我挺乐观的，我相信，就算我不能把他变成我的男朋友，也能收获一个好朋友，因为我觉得他真的好珍贵。

朋友问我要不要趁着毕业季做点什么，我都摆摆手，我的征途是星辰大海。

后来，他高考爆冷门考差了。我班主任跟我说他没考好，给我看他的分数，我挺不知所措的。我知道他情绪不好，又不知道从何安慰。我当时还没怎么反应过来这意味着什么，只是觉得他的梦想又一次被打碎了（他在高中就一直经历着求而不得的痛苦，明明他比谁都有资格)。

我还是发了些话给他：我昨天挺早就知道了你的成绩，一直想和你说点什么，又不知道该说什么，唉，先给你分享首歌吧，千万别被歌名劝退呀。

《人间不值得》

黄诗扶

拈杯酒眯着眼，说专心看人间

看长安建安与潘安，都想沾一沾

神仙掐指算，此去少圆满

得来失，聚了散，千万莫求全

借泥炉烧碗饭，在檐上种炊烟

管小寒大寒与心寒，都来暖一暖

好提胆闯人海，再叩风月关

兜兜转转八十一难，我们走着看

…………

可能这就是我想说的吧。我一直很想了解你的心态，但因为我们的交流很贫乏，所以我和你之间就像一直隔着山。如果这些话真的与你的心境相左，我无意冒犯，还请见谅。

最后就是关于成绩和未来的选择，当你做出了最后的决定，我再来问问你，无论怎样，我相信你总有康庄大道。我就不说什么祝福给你了，我怕物极必反，就放心里好了。

你一直都是我心里的第一名。

他回道：谢谢你，还有恭喜你获得佳绩。

我说：好，谢谢。

我高考发挥得挺好，最后填了北京大学。经历过填志愿的焦头烂额后，我给他发了消息。

我：我填好志愿啦！（当时有发截图）

他：好棒！

我：你做好选择了吗？

他：准备去上海。

我：加油呀，你会做得很好的！

我：你如果来北京的话，来找我玩，我们一起吃饭呀！

他：一定。

忙碌被抽走后，我只剩下疲惫。我从来没有想过会是这种结局，他去上海，我留在北京。我一下子有点绝望。

他可以调整好自己，以最大的诚意面对赤裸裸的现实，我却不得不以一种他不明白的方式承担这些后遗症。

他知道我的心意，在离考试没多久的时候我鼓起勇气和他打了招呼，可他一直跟我保持着这样礼貌而疏离的距离。

我内敛而懦弱，我不知道，这么远的距离，还没有发芽的爱情会让我一个人努力成什么样。我大概率会自己消化，让感情无疾而终。我以为水到渠成的事，没想到一个分数就能让我早死。

我被缘分捉弄。

但我真的不甘，为什么让我捧着一颗心来，不带半根草去。

别的时候还好，在车上，洗澡时，入睡前，这件事总是揪着我，让我逃无可逃。

我以后要去的地方是他最爱的地方，我一个人走在北京大学的校园里，但目光里没有他，我要怎么办啊？

我更害怕，我的思念会越来越薄。

从小到大只喜欢你

甜星球居民：Careerist-L

我有一个喜欢了很久的人，大概喜欢了七年、八年或者十年，甚至更久。我在还不太会写“喜欢”这两个字时，就告诉爸爸妈妈“我最喜欢他了”。在我开始懂得什么是喜欢的时候，我觉得别人都不及他。

我在七岁的时候认识他，现在的我二十一岁，认识他的时长已经占据我现有人生的三分之二。

九岁时，我们一起参赛。十五岁时，我的开心是他高考顺利，拿着可乐与他喝酒。十八岁，我高考结束，他说“小朋友，以后就可以一起喝酒啦”，却还是打开可乐递给我。二十岁，我们再次在赛场相见，我们不再是队友，但所幸也未成为对手，他一如既往地为我做赛前指导。

细数起来，我们的人生有不少交集，可是这些交集似乎无法形成一个合集。比如我们的父母熟识，他们日常相约，我却难得见他一面。每年只见他两面我就觉得满足，之后多出来的见面都可以算是我的好运份额。每次在饭桌上，当我们的位子靠在一起时，就足以让我雀跃。朋友们总爱嘲笑我，当我遇到他时连简单的聊天都聊得磕磕绊绊。我不是真的有多冷淡，而是因为太紧张才只会用“嗯”回答。

那些藏在我心里的喜欢持续发酵，到最后忍不住咕噜咕噜地冒出泡来。他笑起来时露出的酒窝里仿佛真的藏了酒；看他比赛，我会偷偷和别人炫耀他有多厉害；一起走时，我会认真跟着他的步伐，稍稍落后半步，视线越不过他的肩膀；他开“嘟嘟”送我回家，向后靠向我聊天时，我的下巴不小心撞到他肩膀的瞬间……他在的时候连风都是蜂蜜味的。

前段时间我收到他的消息，他问我去不去看球。他：“我去接你，顺路给你带一杯奶茶。”我：“这样不顺路呀。”他：“去哪都顺路。”那一刻，我的嘴角是压不住的，心情像打翻了的跳跳糖。出门时，我忍不住跑向他，他看见我的时候眯着眼睛笑了起来。那天原本平淡无奇，可是他来了，他递过来的奶茶都不如他朝着我笑起来的那一刻甜。

五月，朋友组了个局。他姗姗来迟，悄悄塞给我一杯奶茶，把我的酒倒进他的杯子，我看着他一口喝光。大家疯狂喝酒时，我捧着奶茶格格不入，他说他们负责喝酒我负责喝奶茶。我想告诉他我早已成年，不必始终把我当小孩。我只是喝了一杯酒而已，他再三跟我确认“可以吗？没有关系吗？没事吗？”。后来我负责摇骰子，他负责喊牌，负责教我，我负责不按套路出牌。我输的时候他替我喝掉大部分酒，我赢的时候他笑得好大声。散场后，我们踩着月光，他摇摇晃晃地陪我走回家。

我们开始在睡前分享歌单，哪怕两人之间似乎真的存在代沟。我听他的碎碎念，看着他的琐碎日常。“听说爸妈约着喝起来了？”他发来消息时我们正分别独自在家做饭，父母们倒是一起外出吃大餐去了，那一刻我莫名其妙地笑出了声。

十八岁以后的每次见面，他总问我有没有恋爱，我每次都摇摇头告诉他“没有”。我也曾偷偷希望过，每年的夏天、冬天，和我喝第一场酒，然后送我回家的那个男孩子会是我未来的男朋友。

是我太怯懦，在心里想过无数次，也无法鼓起勇气一次。我没有办法接受失去，也没有办法相信我们可以走到最后。我深以为我一直站在现在的位置就是最佳解答，只要我们的生活偶尔有交织到一起的时刻就足够了。

妈妈问我，如果是人生中仅有一次的机会，我会怎么选择。其实我很明白，并不是我选择了他，他的答案就会是我。

我看着他从优秀的小孩成长为优秀的大人，我也用自己的方式见证了他成长的这十年。

我不确定这样的喜欢还会持续多久。我无法成为他人生中的坚定选择也没有关系，能有幸喜欢他已经是一件很棒的事情啦！他的存在赋予了我满腔温柔的爱意，也给予了我不断前进的动力。

结果是什么，在很多时候显得并不是那么重要。

我觉得他超值得，所以我的所有少女心事也值得。

看到播报我还蛮意外的，没想到原本写在我备忘录里的絮絮叨叨，会得到这么多响应。

大家的鼓励我都看到啦，我时常羡慕那些可以用“热烈”来形容的女孩们，如果你们以后遇到喜欢的人，也要保有如今的干脆利落。

过去是我太害怕面对结果，不论从哪个方面看，我和他之间的差距都不算小。女孩子在先动心的情况下，难免总想着要保持一点点骄傲和矜持，无法接受告白时被喜欢的人看成是“路人某某”的设定，所以在一切不确定因素前，我的第一反应是躲避。这么说并非代表我软弱无能，相反的是，我在很多事情上的处理方式都算得上雷厉风行。只是有关于他，我太容易胆怯，大抵是过于喜欢而小心翼翼。

比起分享我和他的故事，我更想分享的是我的喜欢。并不是只有一种结果才是好结果。在这一场单向奔赴中，我喜欢他的同时，也要享受自己给他的喜欢。我偷偷保留着许多场景。比如我参赛时紧张到手抖，转头就见他坐在场边，失分时在一片嘈杂里听到他说“没事的，加油”，我瞬间冷静；比如我们也曾搭档过，得分瞬间我望向他，跳起来和他击掌说“我们赢啦 ”，我想“少年在篮球投中瞬间的第一反应是看向心上人”这句话，并非仅适用于少年与篮球；比如每次去见他的路上，我心里是遮掩不住的期待，爸爸总说我要控制一下自己，不要再笑了；比如那些他看着我笑起来的瞬间；比如我十分确定，在喜欢他的同时我也逐渐变成更好的人。所有这些，每一件都令我开心。

他真的是一个超级优秀的人，所以我从不担心我的喜欢会被浪费。喜欢不就是这样的吗？哪会先计较一番再确定应该给出多少喜欢或是明确喜欢多久呢？多年前，在相机快门记录下我转头望向他的瞬间，他落在我眼里，成了我眼里指闪闪发光的星星。不知不觉就又过去了这么多年。

实际上，我的名字很好听，他的名字也很好听，若我们的名字没有办法出现在同一张请柬上还真是有些可惜。如果未来出现合适的时机，能让我和他变成“我们”，我一定会告诉大家的。

最后，晚安啦。

希望你们都有一个甜甜的梦呀。

我的意思是，你们都要准备好梦见喜欢的人哦。

分手也要好好说

甜星球居民：CZ

在此之前，我对于分手意难平。

我们在一起一年多，我刚认识他的时候他很乐观，总是充满冲劲和难得的童心，有自己的一方天地。我时常感叹爱一个人竟然可以这样。当他谈到结婚计划时，一向恐婚的我，竟是满怀期待。

我到外地工作，他大力支持我实现理想。

之后他的家庭遭遇严重变故，我们无法平衡家庭、工作和感情，从冷战到分手。

分手半年间，我们各自忙于工作，彼此偶有崩溃时，会互相做无用的安慰。我们看似洒脱地说要做朋友，却好像双方都带着爱。

我原以为这次分手和我以往的分手一样，时间会冲淡我的悲伤，可是半年过去了，我依旧没法释怀。

我们趁着假期见面，我想当面跟他说清楚。我不理解有什么原因能严重到让我们分开，不是说爱能战胜一切吗？

我们这次见面好像跟以往的约会没什么不同，我精心打扮，他在等我。

我们到了以前常去的烤肉店，他还记得我的挑食习惯，笑着聊我的改变，夸我的妆好看。他却蹉跎了很多。

散步时，他突然抱我，我一下就哭了。他说：“对不起。”我说：“这段时间我很委屈。”

他坦诚地说变故不是我们能解决的，他的心态早已不如最初，生活使他无法在感情上分心，我们都得往前走，只是在分叉路口选择了不同的方向。他知道我不容易，让我不能再背着包袱。

他嘱咐我要调整作息、好好吃饭，要谈没有苦衷的恋爱，要遇到好人，不能再傻傻的。他说分手不是我的问题，我是对他最好的人了，正因如此，他更不能让我过得差。他让我千万别自我怀疑。他最怕因为他的失败使我对感情失望。

我们走了很多以前走过的地方，面对面删了所有的联系方式。我们好好说了再见，我长久的郁结终于解开。我突然明白了，有的人只能陪我这一段路。那就到这里吧。

第一次写情书

甜星球居民：匿名

男生的信：

致Xbx的一封信

尊敬的Xbx同学：

你好！

首先，我想对我的冒昧与唐突抱以歉意，希望你能原谅我。

可事实是，当我写下这封信的时候，窗外的雨正下得淋淋沥沥，我抬起头望出去，脑海里并没有浮现出你的脸，而是许多个日子里，你与我在道路上、楼梯间、走廊里撞见的瞬间，那些心跳骤然加快的四目相对，正如我此刻的心情：忐忑而又释然。

我记不起第一次见你是什么时候，也记不起是什么时候喜欢上你的。可我唯独记得起，第一次听见Xbx这个名字，我只觉得非常好听。想来你应该也很有趣，后来我与你接触过几次，才知道的确如此。

上了年纪之后，我始终觉得，表白不能在网络上，这显得不正式，而应该是当面，再不济，也得用书信。他们说的老土，我也无法理解。其实，我一直想把和你接触过的时刻一字不落地记录下来，可是我慢慢才知道，有些事情，是不需要展开来谈的，所以我才决定给你写下这封信。

辗转反侧数百个夜晚，我都以为我的热情会退去，我与你终将成为普通朋友，甚至点头之交，在你读完这封信以后，我们会成为陌生人也说不定。从一开始，几个朋友都在怂恿我去告白，只有我自己知道，我也许不太配得上你。你自信、开朗，而且优秀。路过你的身旁，会让我觉得自己的缺点无处遁形。我的眼里没有你，余光里却都是你。Xbx同学，我没做过贼，但喜欢你久了，却深知做贼是什么滋味。这些烦恼在我脑袋里乱撞，我心里也五味杂陈。可事实上，我每一次面对你的时候，都好似信徒在面对神祇。

Xbx同学，说真的，我一直想做一个诚实坦荡的人。天下的人形形色色，我也许入不了你的眼，但是此刻，我想让你知道，我喜欢你。韩寒说："无论你怎么与他人控制距离，你依然会失去控制，因为这个世界上总有人能让你乖乖交心和伤心。"我有时候在思考，假如今天就是我生命中的最后一天，我会不会为以前没有做过的事而感到遗憾，我想了想，应该会。没跟你告白，就是我最大的遗憾。

也许你把信看完以后，心里的涟漪会渐渐散去，然后把它放在抽屉里吃灰。但是，不管怎么样，我都希望你在以后的日子里，能够明白自己的价值，你也是能够照亮别人的一颗星啊。你不会知道，在那些百无聊赖的日子里，你恰到好处的闪亮，直让我觉得这个世界异常美好。

尊敬的Xbx同学，我觉得自己不能再继续喜欢你了，那很痛苦，而这个也是我与自己内心战斗的收尾号。我想把自己知道的一切都与你分享，比如今天的行人、吃过的午饭、听到的歌曲，还有，连同我喜欢你的这个事实。

我想说的话也就这些了，我也是第一次写情书，绞尽脑汁也想不出结尾该怎么写，偶然想到自己有一本王小波的《爱你如同爱生命》，遂翻开来，抄下了自己最喜欢的一段：

今天我感到非常烦闷
我想念你
我想起夜幕降临的时候
和你踏着星光走去
想起了灯光照着树叶的时候
踏着婆娑的灯影走去
想起了欲语又塞的时候
和你在一起

你是我的战友

因此我想念你

当我跨过沉沦的一切

向着永恒开战的时候

你是我的军旗

Xbx同学，希望你也喜欢。

Xpp

2020年1月26日

女生的信：

嗨，Xpp同学，信我收到了，这信在2月23号寄出，我是2月24号晚上收到。

我是在车上拆的信，借着外面的路灯，我隐隐约约看到了一些内容。

说实话，看到你写的这些话，我的第一感觉是难受。我还是那句话：被人喜欢是一件开心的事，所以你不要觉得抱歉，抱歉的应该是我，我没察觉到。高中时候的我其实是个对感情极其敏感的人，那时候的我并不快乐，所以现在的我学会不再去在意别人的想法，也会强迫自己在交际中忽略很多细节。在你说你喜欢我之后，我仔细回想，有几个瞬间，我或许有感觉到，但多半会觉得奇怪，最后仍然觉得是我多想了。

很感谢你会想着通过写信告诉我你的想法。我其实是个对写信有执念的人。高中时候，身边朋友要是有什么心里话要说，多半是写在纸上，但现在再也没有过了。

就像那天我和你说的那样，我这个人大部分时间都很丧。2019年的年底是我最难过、最难熬的时候，我不是没有想过找朋友倾诉，可是后来我发现，大家现在各自都有各自的烦恼。那是我最需要陪伴的时候，但最后我还是一个人度过了。你把我想得太好了，我确实是个没有毅力、自卑大过自信、敏感脆弱、自私的人。我这样说并不是在向你表达我多不好，然后劝你别喜欢我，而是这就是最真实的我。你会发现，真实的我比你想象中的我难相处。而且，如果我拒绝了你，并不是因为你不优秀、你不好，而是我自己的原因，因为我更多的是在乎这个人，我开心、难过、不知所措的时候，他有没有陪伴着我，这就是我说我倾向于从朋友到恋人的原因，而这也是我自私的一个表现。

最后，我很高兴在我生活一地鸡毛的时候收到你的来信，在我对身边的一切都很不确定的时候，在我很糟糕的时候。或许，在一定程度上，你也照亮了我。

时间过得太快了，转眼二月就要结束了。

你说未来的一切谁都说不定。

我也觉得。毕竟，人来人往，只是日常。

所以祝收到这封信的你已经有了一个崭新的三月，一个崭新的开始。最后，祝你快乐！

Xbx

2020年2月24日

Happy Trip
To Sweet Planet

／甜星球
旅途愉快／

路遇美好

妈妈写给二十年前的自己的信

甜星球居民：蓝莓鱼

二十岁的女儿要我写一封信给二十岁时的我自己，还真有点意思。有时候看着一米七的大高个女儿，我常常想，当年二十岁的自己在经历着什么？跟她这个年代的人有着什么不同？回忆的阀门被打开，一些藏在我心底的人和事在眼前浮现。我发现，哪怕那些片段对当年的我来说是多么痛苦和难堪，现在回忆起来，我也能嘴角上扬。毕竟那是我的花季年龄，一辈子就那么一段。

二十年前，交谊舞、迪斯科、喇叭裤，是时尚的代名词。在没有手机、电脑，通信还相对落后的本世纪九十年代，拥有一部中文字幕的BB机（寻呼机），就相当于走在了时代的前沿，男生腰间别个BB

机，那就是时髦青年。在这个想女儿了打个电话就可以实时视频聊天的信息时代，大家应该很难想象，在你的青葱岁月里，如果想表达自己的情感，还得拨个电话，让在总台的工作人员通过文字的方式去转达吧？

每个女生的心里都住着“男神”，四大天王是“70后”的偶像，那时候的你心里住着“刘天王”。在闺房，在学校宿舍甚至在家里的客厅里，你都会贴上他梳着大奔头的海报。他们的穿着打扮一举一动都在影响着那个年代的人。你当然也会幻想着能找个这么帅的男朋友，就跟女儿现在喜欢刘昊然一样。

不知天高地厚的二十岁，如果你没有那份勇敢，命运也许会完全不同吧？你辞退了那份安稳的音乐教师工作，去了一家房产公司，回首看来，这是属于那个年代的真正的下海，你把自己扔进了水深火热之中。嘿，害羞的小丫头片子，看不出当年能被学生气哭的你可以做出这样的一种选择。是的，你知道外面的世界很精彩，但你没有想到外面的世界也很无奈。

来到这家公司，你才算真正踏入了社会。虽然你只是处理一些文案，兼任一些出纳工作，但你接触着来自各行各业的人。相对于校园，这样的环境相当于一个大染缸。还记得公司老板怎么评价那时候的你吗？你还记得那年发生了一件多么令人哭笑不得的事吗？

这家公司在韶关属于最早的房产公司，老板当然也是非常有魄力有个性的人，按照现在流行的称谓便是“霸道总裁”。这份工作，让二十多岁的你发现人与人、人与社会之间并没那么简单。

某天，老板在电话里给合作商打电话，过程中你听他在给对方报办公室的电话号码，那会儿电话号码只有六位数，坐在一旁的你听得很清楚他报错了，他不仅报错了，还报了两遍，你心里那个着急呀！因为老板爱喝酒，你便以为他一定是酒喝多了报错了，于是你赶紧纠正："朱经理，你报错号码了，应该是XXXXXX。"他怒瞪了你一眼，将手放在嘴边示意你别说话。当时的你心里慌得很，不知所措，脸红、心跳加速！老板放下电话，怒斥批评了你一通："难道我连自己公司的电话都记不住？还用你来给我纠正？我是故意不想和他合作，搪塞打发对方而已……"于是，大气不敢喘的你低着头，委屈得默默流泪。二十多年过去了，这个桥段你记忆犹新，老板因此送了你一句话："小温是我见过的思想最单纯的女孩。"但这个评价你至今分不清是褒还是贬。

你一定没有想到，在这里会遇到初恋吧？那位有着一米八六大高个、一口京腔、幽默风趣的大男孩，就这样毫无防备地走进了你的心里。你觉得他会哄女孩，会逗你开心，能像大哥哥一样保护着你，但单纯的你想不到他会用同样的方式对待别的女孩，你因此嫉妒、难过、伤心、没有安全感，甚至带着痛恨离开了他。因此，你有了这段刻骨铭心的初恋。有时候你会问自己后悔吗？当然不！你不后悔每一份相识，并怀揣着彼此拥有过的美好，奋力前行。

二十岁的你，来到了工作与爱情的转折点，也来到了对人对事的思想认识上的转折点。即便你面对着迷茫、焦虑与苦恼，也不妨碍你对未来一切的美好抱有向往与期待。那些年，你理解不了父母的爱，感受不到父母的担忧与牵绊，你对爱情、对工作有着义无反顾的执着。直到做了母亲，你才能感受到为母则刚，才能感受到那些年妈妈对你的默默而无私的爱。

人生是轮回，人生的车轮子，已滚滚奔向半百红尘，经历几十年的悲欢离合，你懂得了珍惜，懂得了活在当下。有句话说得好：人生有了牵挂，生命才会坚强。是的，这是为母后才能有的深刻体会，心里有爱，无畏无惧，能为了人生的美好披荆斩棘，奋力前行。

在很久很久以前
你拥有我，我拥有你
在很久很久以前
你离开我，去远空翱翔
外面的世界很精彩
外面的世界很无奈
当你觉得外面的世界很精彩
我会在这里衷心地祝福你
每当夕阳西沉的时候
我总是在这里盼望你
天空中虽然飘着雨
我依然等待你的归期

附：

昨天，出版方让我把妈妈写的信编辑成word格式，我便再一次逐字逐句地看了这封信。从前，我以为妈妈写的是对逝去的美好青春的怀念，就像我跟妈妈说的那样——写一封信给二十年前的自己。人年少时，读书读信都是囫囵吞枣，因为有意思的总是外面的世界。当你一心期待更美好的事物到来时，便很难理解母亲话里的深意。但这次我看懂了，也哭成了泪人。

妈妈无奈的不是逝去的青春，而是当她理解“为母则刚”这句话时，却为时已晚，妈妈等待和盼望的是她父母的归期。

我的妈妈是一个很坚强的人，在我小的时候，外婆检查出宫颈癌，但是发现得太晚……外婆去世后没多久，外公因为酗酒跌下楼梯，突发脑出血去世。我的记忆比较模糊，但应该也是那一年，我的父母离婚了。虽然到现在我都不知道为什么我爸爸要让我妈妈独自承受这份痛苦，但我清楚地记得，我妈妈的同事握着我的手臂时对我说的悄悄话：“你妈妈只有你了，如果不是你，她也去了，你要照顾好妈妈。”这么多年，连我都无法放下外婆外公离去时的那份悲痛，我不知道妈妈是怎么做到的。她把我照顾得很好，正如我所说，她是一个坚强的女人。我很少见到她在我面前哭泣，她真的为我撑起了一片天地，给了我一份很美好的童年。我估计她也很难想象，曾经害羞的小丫头片子，可以独自买房买车，还签下了广东省第一份百万保单。如果不是因为我，妈妈一定不会是现在这样，因为她也曾经被保护得很好。

人生有了牵挂，生命才会坚强。

妈妈依旧是个很热爱生活的人，养花、喝茶、旅行，她过上了很多人心中理想的生活。大概每个人在我这个年纪都会焦虑，觉得自己成长的速度跟不上父母老去的速度，我称之为“为子女则刚”。我们都想去更大更远的世界闯闯，去远空翱翔，看外面的世界。父母的这份心情只有我们真正为人父母了才能体会，也许，这就是人生的轮回。只不过，有的人能等到，有的人等不到了。

一起学着去更好的未来

甜星球居民：努力减重的胖小王

之前一个人带宝宝，心情不好的时候，我总会把你的微博刷到头，看着别人的爱情故事又哭又笑。现在，我跳出了那个总是捆绑着自己的小小世界，忽然觉得我应该要珍惜现在的生活。我和我老公的生活一直不算轰轰烈烈的，大概我这辈子做过的最勇敢的事情就是义无反顾地奔向他。

那个时候，我们初中晚自习抓得严，所以老师就组织我们在外面的补习班里面上课，他是我隔壁班的，自然我俩就在一个教室里面了。英语老师坐班的时候我总爱躲在最后几桌装隐形人，一次被叫起来回答问题的时候，我就听见后面有一个男生小声地说："这个名字真好听，声音也好听。”

不一会儿就有一个字条传到我手上，问我一些乱七八糟的问题，我就很奇怪地回头看了一下，也没有回复。

自习结束回家的时候，他追过来在马路上大声喊我，我吓得跑走了。

后面我便一直躲着他。他经常送零食、饮料到我们教室，放学又在路上等我，问别人要了我号码，一直给我发信息。他大概坚持了一个月，便对我说“你怎么那么难接近，我不和你玩了”，就生气地走了。

不可否认，他在我心里还是留下了很深的印记。

对于从小就是乖乖女的我来说，生活里面从来没有碰到过这样“莫名其妙”的人，之后我读我的书，他还是那样每天和别人嘻嘻哈哈。我的手机里面偶尔还会收到他发的信息，收到他说的一些莫名其妙的话。

兜兜转转，到了大学，我们还是在一起啦。第一次在一起的时候，他整晚没睡，跑去和他所有的好朋友说“我终于追到了”之类的话，然后陪着我彻夜聊天，也不知道他一直絮絮叨叨在说什么，但是我心里还是和蜜一样甜的。

可是后来因为某些事情，我们分开了，分开没几天他便加回我的好友，一直说“我就是放不下你，我们先当朋友一样相处好不好？”。

我还是心软了，我舍不得这个男孩。我们会每天聊很多的天，一起和他的朋友们玩游戏，但是谁也没有再说过“我们在一起”这句话。

其实，很多年以后我才明白，不管我怎么伤害他，他一直都没有选择放弃，我们之间也一直都是靠他的坚持才走下去的。

就这样一直过了大概一个月。那一天我真的很想很想他，和朋友们玩完后，在回学校的公交车上，我就想着：我去找他吧，就去找他吧，我真的太想他了，恨不得马上就能见到他。

我想我大概是疯了，身上只剩下三十块钱，就打算坐火车去找他。我从来没有坐过火车，票都是我朋友帮我买好的。坐在火车上的时候，我整个人都还是恍惚的，我想我大概是真的疯了。

那天晚上月亮的样子我到现在都还记得。我站在桥下，他从远处逆着光向我走来，站在我面前笑着对我说："要不要抱一下？我真的等了你太久了。"

那天晚上，我们又在一起了。

他抱着我，我想我这辈子大概就是他了吧。

我们两个都是占有欲很强的人，在一起后我便和关系好点的男生联系少了，他身边的女性朋友更是一个都没有。

每年过年，我们天天腻在一起的时候，我就要他去找他的朋友玩。他总说以前他没事情做就和他们一起玩，和我在一起以后没有任何人能够比我更重要，他只想好好地陪着我。

他把自己玩了好几年的游戏也戒了，说他不希望我每次找他的时候，他会因为游戏而忽略我。

我和朋友去外地玩，因为在陌生的床上会睡不着，他就打电话讲故事哄我睡。他工作很忙，有时候一忙完就想睡觉，但还是非要和我打电话，第二天早上我总能听到耳机另一头的人说：“宝贝起床啦！”

大三那年我们见了家长，他爸爸一直不同意我们在一起，他在他爸妈面前立誓说这辈子非我不娶。虽然最后他爸妈同意了，但我知道那段时间他真的过得太辛苦了，好几次都红着眼对我说“你不要放弃好不好？对我有信心一点，我一直在努力，你也努力一下好不好？”。

毕业的时候我怀孕了，我想大概真的是缘分吧。我思考了很多，还是决定把小孩生下来，之后我便成了一毕业就结婚、怀孕、生小孩中的一员。还记得我们领完证的那天，他拉着我的手说：“你知道吗？初中第一眼见到你的时候，我就知道你以后肯定会是我老婆。”

当然，婚后第一年其实我们过得并不好，我还是想要恋爱时期的浪漫，需要陪伴，可是他觉得他需要给我和孩子更好的生活，就非常努力地工作，几乎没有了陪伴我的时间。

当时我便陷入了死胡同。因为我放弃了很好的工作、放弃了很好的机会选择了结婚生子，可是我的老公却不能给我想要的生活，所以我们开始争吵。我开始为了引起他的注意、为了显示自己的存在感而不断地无理取闹，他在繁忙的工作之余还要哄着我，渐渐也觉得疲惫。

本来婚后第一年就是磨合期，我们两人的性子都太要强，那个时候的我们从不肯认错，所以便开始冷战、开始怄气。

后来我们慢慢就好了。他说：“老婆，你不要对我失望，你慢慢地教我好不好？我真的很笨，很多时候我都不知道该怎么对你好，你相信我，真的，不管你想要什么，只要我能做得到我真的都想给你，我真的想把我的心剖出来给你看看我到底有多爱你。”

其实我知道啊，从不下厨的他因为我一句“饿了”便半夜爬起来去煮面条，因为我想吃某种水果便跑到很远的地方去买新鲜的，我肚子大起来睡不着觉的时候他就不断地给我按摩，趴在我的肚子上和宝宝说“妈妈怀你很辛苦，你要乖乖的，不然爸爸揍你”。

很不幸的是，我有一个非常不好相处的公公。

后来宝宝出生了，因为宝宝的很多事情，我和他争吵不休（大多是他爸爸挑起来的），我对他越来越失望，那个时候的我又把自己缩回到了自己的世界里面。我们结婚以后，我总觉得他变了很多，他开始忽略家庭，开始忽略我的感受，他只想赚更多的钱来让我和宝宝有更好的生活。可刚结婚的时候我很天真，我想着我只需要我老公陪伴在我身边就好。那个时候我便只想离婚。

他是真的不懂我的失望、我的无奈和我的痛苦，他只听他爸在他面前讲的那些事，我觉得我们在一起那么多年了，他对我没有一点了解，这是一件很悲哀的事情。

那个时候我们太年轻，处理不来和上一辈之间的关系，也处理不好夫妻关系，我便一直想放弃。我不想再过那样的生活，我们更加激烈地争吵，水火不容，吵到最后都已经忘了，我们原本应该是多相爱的两个人。

其实说来他也没有什么错，他只想好好地赚钱，赚很多的钱来让我和宝宝过得更好。他不想处理也不会处理我和公公的关系，也不懂为何就算有婆婆在中间周旋，我和他爸爸还是闹到了一发不可收拾的地步。

后来的改变，还是从我真的下定决心要离婚开始，他说："我死也不会和你离婚的，你根本不知道我有多爱你。"

那个时候我已经绝望了，我已经不相信他了，便把自己的整个心都封印了起来。也是从那个时候开始吧，他开始真的正视这个问题，开始干涉他爸妈，开始重新考虑我的感受，开始变得和以前一样温柔地对待我。

可是我已经绝望了，没有人知道那两年我是怎么过来的，加上那段时间我患上了轻度抑郁症，整日陷在自己的情绪里面出不来。那时的我只想逃。

我是什么时候发现他开始改变的呢，大概是他和我说"我们再给彼此一次机会吧，之前我不懂事，犯下过很多错，我们慢慢来，再试一下好不好？"的时候。

我想就算我再绝望，心里大概也还是爱惨了他吧？我对他还是隐隐有些期望的。

后来我们学习怎样更好地沟通，学习怎么把伤人的话往回收。我们都把自己的脾气收起来，开始不再为了除我们自己本身的问题以外的事情争吵。他开始对我说爸妈那边一切都交给他，他会处理好，也开始在自己有限的时间内尽可能多地陪伴我和孩子。

大概每个男人在刚结婚的那几年都会特别地想要自由、想要放纵，这大概也是我们之前争吵的原因，我觉得他并没有做好要成立一个家庭的准备。

现在是我们婚后的第三个年头啦，他改变了很多，我也改变了很多，我们都有在为这个家庭很努力地生活。可能是我们磨合好了吧，我们好像慢慢地回到了以前我们恋爱的日子。

之前，我总将他爸的错误怪到他的头上，可是明明生活是我们两个人的事情，我为什么要为了其他的人而不断消耗我们之前的感情呢？他是我爱的人啊，是我不顾一切也要嫁的人啊。只要他能好好待我就够了。

很心动的一件事：

去年，我们和朋友聚餐，下车的时候他牵着我的手，一边走一边说："你还记得这条路吗？我就是在那个教室里面第一次见到你，然后在这条路上和你表白的，可是你拒绝了我。"

我惊异地抬头看着他，他温柔一笑后，说："我很早很早之前就爱你了，看见你的第一眼我便知道我这辈子是完了，你为什么不相信我现在还是那么爱你呢？"

那个时候我们还在那个说想要再试试的阶段，当时我就在想，原来不仅我一个人记得这些，他真的也记了很久。那是我很久以后的再一次心动，很多事情也是从那个晚上开始改变的。

有好多朋友问我会不会后悔那么早结婚生小孩（我们都是95年的），其实现在的我是不后悔的。我有爱我的老公，有能承担起养育一个小孩的责任的老公，有一份自己热爱的工作，一切都在往好的方向发展，至于未来怎么样，谁知道呢?

好多人都说我很幸运，一直被坚定地选择着，其实我一直都知道他是个很好的人，婚后那段时间的磨合也算是对我们的一种考验吧，很开心我们都坚持过来了。

我们前段时间去补拍婚纱照啦。之前，因为发生了很多事情，所以我们把拍婚纱照这件事耽搁了，后来想想，我还是觉得有些遗憾，他也尽量抽出时间陪我去重新完成一些以前我们觉得没必要做的事。

前段时间我刚拿到样片，很想和你们分享一下。今年是我们认识的第十一年，也是我们相爱的第七年，我忽然发现不管怎么样，我真的还是好爱好爱他。

之前我一直觉得我们的生活平平淡淡的，本来以为我们的感情都被磨灭殆尽了，但看着那些照片的时候，我才发现只要看着他，我的眼里就都还是星星。只要还能看着他、还能和他在一起，我就会觉得很开心。

前几天我问宝宝："爸爸最喜欢谁？"宝宝说："爸爸最喜欢妈妈。"我就问："那妈妈最喜欢谁呢？"宝宝说："妈妈最喜欢爸爸。"我就说："那宝贝怎么办？不难过吗？"宝宝就说："宝贝不难过，爸爸妈妈也都喜欢宝贝。"

我真的好感慨，于是就和我家先生说："你看你宝贝都说我最爱你呢。"

他就看看我，笑着说："我不是也最爱你吗？"

其实我们很少在小孩子面前谈论这类话题，但是小孩子又都能很真切地感受到我们对彼此的爱意。我们经常抱在一起看电视、玩手机，小孩子会故意跑过来对我说："妈妈是宝贝的，不要爸爸抱，宝贝会保护妈妈。"然后父子俩就开始争论"我到底是谁的"的问题。

上次去拍照的时候，摄影师好几次要求我们用鼻子碰一下对方，我们都忍不住互相亲了一下。特别是对视的时候，我就饿得很想抱他、亲他，然后就老是会被摄影师调侃。我最近在备考，因为疫情的原因，备考的战线拉得很长，笔试和面试的时间一拖再拖，出成绩的速度也很慢。其中，我真的经历过太多次的崩溃甚至是绝望，不过好在结果还是好的。

备考期间，我的退缩大多来自于我心疼我家先生，因为他工作比较忙，也很辛苦，而我在备考就意味要放弃很多东西，甚至好长一段时间我们都见不了面，所以我就想着：算了吧，陪着他就好了，两个人一起奋斗、一起生活，其他的就算了吧。

然后，我家先生就一次又一次地告诉我：“你一定要去做你自己喜欢的事情，那个是你热爱的事情，我不希望你变得不开心、不自信，你已经为我放弃很多东西了，我不希望你现在有机会做自己的时候又为了我放弃。”

我家先生真的承受了很多。

因为他们家的生意做得还不错，所以公公婆婆就希望我跟着他一起做生意。我决定备考，压力就都到了他那里，连我自己的爸爸妈妈都劝我不要考了。但是我家先生还是一次又一次和我说不要去听他们的话，不要有心理压力，他都会处理好，他只希望我自己能尽力去做自己想做的事情。

我很感谢他，他真的给了我很多勇气。我虽然想着自己不能“恋爱脑”，已经放弃过一次了，但是备考的时候还是会默默在心里说再努力一下，如果考不上就放弃。

于是我便没再想了，陪着他就好了。

但是，我还是很不希望女生放弃自己的生活，真的，备考的时候压力大得让人崩溃，你要接受来自各方的质疑和甚至是自己对自己的怀疑。

我还是希望女孩子拥有了自己的事业后再去谈其他的事情，不然过程真的会感到很痛苦。

我很庆幸自己熬过来了，但是还有很多人熬不过，这真的是很难的决定。

我很开心，在自己二十五岁这一年，所有的事情都回到了正轨，曾经放弃的又重新拿了回来。我忽然觉得我的人生真的很完满了，所有的大事情都落地了，往后那么多年，就这样平平淡淡地过一辈子吧。我希望大家的日子也都能顺顺利利的。

我的单亲妈妈超级酷

甜星球居民：布谷鸟

我妈妈是个奇葩，她有时候很可爱，有时候挺让人闹心的。

她是一个享受生活大于奋斗的人，从前因为麻将结识了一群朋友，每日午饭过后，便开始呼朋唤友："今天下午哪些人？"让一旁的我听起来好生羡慕。

现在她有几个微信群，里面全是打麻将的人。打麻将是她奋斗终生的事业，我们的生活质量与老妈的手气成正比。对于我妈来说，床以外的地方都是远方，手够不到的地方都是他乡。

我觉得我们家的出厂人物设置真的有误。别的家长都要小孩从小到大学学学，我妈就一直让我玩玩玩，必须玩，周末必须出去玩，不准待在家里写作业，玩得精疲力竭也还得玩。

我妈妈是个双子座，永远三分钟热度，冲动行事。有一天，她突然跟我说现在这个城市没有她施展才华的地方，便去了上海，结果她受不了，三天后就回来了。

周一晚

她：在不？给我订一张去上海的高铁票，我不会呀。

我：你要干什么？

她：去上海。

我：去干什么？

她：去上班啊，春节可能就不回了。

我：嗯？

她：你来上海吧，我们一起去上海“嗨皮”。

我：那你明天去哪，住哪？

她：明晚住酒店，后天面试。

我：还要面试？

她：面试成功我就租房。

我：那你面试失败了怎么办？

她：没问题，形式而已。失败了我就去洗碗，反正我不回来，不成功便成仁，不给自己回头路，逼自己一把。我日子过得太安逸了，有了惰性。

我：我成功沦为留守儿童。

周二下午

她：开心，终于离开这个让我失去自我的地方了，外面也许很苦，但是我不怕。

我：外婆说什么，她支持你吗？

她：外婆强烈支持我。

我：哈哈哈哈哈哈哈，她早就受够你了。

她：我待在这里就是大材小用。

我：哈哈哈哈哈哈，笑死我了，你还会用成语。

她：这个地方没有我施展才华的平台。

（她发送了几张在高铁上拍的长江大桥给我）

我：哇，幸福。

周二傍晚

她：我到南京了。

我：恭喜你游遍全国。

（她发送了两张南京南站的照片给我）

周四中午

她：我回去啦，这里根本不是人住的地方。好吧，我认输了。

我：怎么了？你有毛病吗？

她：这床不是人睡的，又没热水洗脸，马桶也是坏的，天啊，我遭遇了什么！

我：那你怎么办，你之前怎么不问好？为什么要白跑一趟？之前我不是跟你说清楚了让你问好吗？你非要急匆匆赶去，什么也不了解。

她：我太幼稚了，让你看笑话了。下不为例。以后我一定要三思而后行。你就不能安慰我？我全身负能量，我已经很后悔了，你要给我正能量。

我：这是您自己的选择。

她：你让我心里开心一点。哼，以后以这种方式对孩子的就是怨妇。

她有时候也会突然“发疯”，说：“麻麻”完了完了，普通男人都入不了我的眼，我要孤独终老了，天啊！

我也总爱给她推荐我爱看的电视剧，我们会探讨一些关于爱的看法。

我：《致命女人》里有个四十岁的女人跟一个十八岁的男孩在一起了，那个男孩是她闺密的儿子。

她：啊？难道我的男朋友还没考大学？难怪我这么多年一直在等他。

我：也不是没有可能。

她：你真前卫。

我：电视剧里还有一个女的发现她老公出轨了，然后她和她老公的情人成了好姐妹。

她：不要剧透，哎呀，我明天看。

我：嗯，有点毁三观。

她：没事，我三观正。

她：我们相信爱，但是得擦亮眼睛。世上的坏男人太多，有责任心的男人非常少。不爱你的希望你漂亮、温柔贤惠、体贴、孝顺、勤快，爱你的，只要你开心。

她勇敢、包容，也有小脾气。

她教导我要做善良的人，对人以诚相待总是不坏的。她用她的言行一次一次告诉我要诚心待人，并让我在对别人的信任中成长。她心很宽阔，能够装得下整个世界，她还有很多交心的朋友。善良的人运气真的也不会太差。

我和我妈妈，我们是彼此的骄傲和依靠。并不是因为我们有多优秀，而是我们让彼此活在爱里。

她希望我能生活得幸福，满足我的很多要求，和我一起看这个世界。

我们一起成长，享受更多美好的人生。

该不该用求生欲衡量感情

甜星球居民：妮可

我以前很爱发段子来测试男朋友的求生欲，他对这个有些看法，我感觉挺对的，想给大家分享一下。

他说——

测试男朋友的求生欲，我觉得很无聊。

这些所谓的测试并不适用于所有人，我也不喜欢这样的问题。

为什么一定要男朋友有求生欲？没有就是不爱你吗？

如果我低你一等、害怕你、什么都求着你，你就认为我是爱你的，为什么要用这些才能证明你是被爱的？

你的价值、我的价值，不是从这些方面体现的吧？

我说：我就开个玩笑而已，你认真什么？你不喜欢我就不问了呗，一点情趣都没有，好“直男”。

他很有耐心地给我发了一长串——

我们没有情趣吗？我们谈论无边无际的事情也高兴，有共同的爱好，一起画画做手工，喜欢的音乐也相同。我们在凌晨爬山等日出，也可以漫无目的地游花园，走很久都不觉得累。去唱歌，我们两个人就能唱通宵，工作上，我们也能相互给意见……

这些对我来说非常完美啊！

这些难道不比所谓的测试有情趣吗？我们做过很多更有趣的事啊！

说到“直男”，我也讨厌这两个字。

什么化妆品、包包、奶茶，只要我去了解就懂了，为什么老用这些做文章？

你不懂我喜欢的东西，比如车子、足球、数码这些，我也不会说你是“直女”。

同样是知识，只要我们去了解就懂了啊，为什么一定要根据事物性质判断“直男”“直女”？很无聊。

都是人，有什么不能去学的？

我不会因为多懂一个口红色号就觉得自己特厉害，你也不会因为多认识一个车牌子就沾沾自喜，所以这有什么好分“直男”“直女”的？

我喜欢跟你有商有量有沟通。

我说：我开玩笑而已……你这么严肃干吗？

他反问我：但是你每次都因为我没有给出你想要的答案而认真地生气，这是开玩笑吗？我们可以因为其他事情生气，没有问题，浪费精力为这些事情生气是不是划不来？

我：嗯，我确实会生气，你也说得有道理，可是别人的男朋友都能答，你的答案却很无聊啊。

他：说到这个，我会难过。比较有什么意义？真正跟你在一起的人是我，你是认同我才会和我在一起，你就为了一些无聊游戏而否定我的价值，你扪心自问欣赏我哪些方面？哪些比较重要？

我一时不知道说什么：我消化消化……

他接着道——

我还想提一点，谈恋爱必须用情侣头像吗？为什么每次我的头像不是屎就是狗？

我偶尔也想用喜欢的专辑封面或机器人做头像，换个头像就说我出轨，不要这样吧？

打压伴侣证明被爱，我觉得不对，爱是自然而然的。你老说坚持去爱，“坚持”这词我老感觉带着一种被压迫感，像是要违背自己意愿撑下去的感觉。我们的感情还用不着坚持。

我们在一起本来就是自然而然的，甚至不用追求、不用花小心机。

如果你觉得你自己的感情哪里不顺当了，跟我直说，我们有办法解决的。

我觉得他说得对：这些标准也不知道是谁定的，我这样衡量很不公平，你可以用自己喜欢的头像，我也不会问那些问题了。我是真心的，没有赌气，也谢谢你包容我。

他回道——

谢谢你听我说，并且理解我。

嘿嘿，开心，我们的感情又加固了！

心有灵犀的礼物

甜星球居民：多云有时

分享一个婚后的浪漫故事。

他是那种典型的对别人舍得、对自己节俭的人。

他的电脑用了好几年，前几天逛商场的时候看中一款舍不得买。他嘴上说着“没必要啦，现在的够用”，明明来回看了三次。

我说：“我送你，当七夕礼物。”

他敲了我的头一下，拉着我走了。

昨天下班，我悄悄地去商场把电脑买了下来，准备给他个惊喜。出商场的时候，我竟然看见他迎面走过来，手上提着水晶球的袋子，是我那天在商场瞄了几眼，没说出“喜欢”的水晶球。

他也看到了我手上的袋子，我们愣了几秒后，笑了出来。

我故意问："你这是干吗呀？"

他说："我刚忘记请店员包装了，想回去问问能不能扎个蝴蝶结，再送张卡片，我有一些话想写，没想到我回头就看见礼物主人了。失策！"

最奋不顾身的一次

甜星球居民：dodo

我想说说我和女朋友的事。

我们是2013年在一起的。从认识开始，她已经坦白自己不结婚不要小孩，如果一辈子都在恋爱，会少很多束缚。

生活已经有重重挑战了，她只想在爱人的时候更直面自己的内心。这一点和我不谋而合。

我们所有事情都非常合拍。在一起一年后，我们住在一起了，从未因为琐事吵过架。

我们恋爱到2016年，家人催婚更猛，对我们下令不结婚就分手。

两家老人都是比较传统的，不理解我们为什么不结婚生小孩，认为小孩和婚姻才是保障。

想来真是无奈，为什么爱情需要这些束缚来保障？自由自在的爱有何不可？

2016年中秋节，我们各自回家，没想到家里人瞒着我组织了相亲饭局。顾及老人的面子，我只能礼貌应对。席间，我借着去厕所的机会给女朋友打电话说了情况，吐槽家里人居然来这招。

她笑着说："没事，你好好吃饭，回去再说。"

回家后，我在阳台和她打电话，月亮很圆，我们彼此想念。

她说："我们好好努力，争取不再被迫参加不想去的饭局。"

第二天，我被她的电话吵醒，她说："我到你家附近的公园了，快来约会。"我特别震惊：这家伙怎么瞒着我来了？早班机没有我当人肉闹钟，她必定起不来的，肯定熬夜了。

一见面我更心疼，她就背个双肩包，里面全是她家乡特产的月饼，衣服都没带。她说晚上我们不用在电话两端看月亮了，要一起吃月饼赏月。

我们在附近的饭馆吃饭，商量怎么解决家人的"结婚令"。

我说老人家的传统思想不可能一下就转换，她说不打开闸口他们一直不能理解，总得有破冰点。

她拉着我回家（过年时带她来过），冲在我前面，好像是来保护我的一样。

我大概还原一下当时的场景，主要是我女朋友说的话——

她问我妈：“儿子开心重要还是家长开心重要？”

我妈回答：“当然是儿子开心重要。”

她：“如果儿子觉得不结婚生子是最开心的，你愿意让他这么做吗？”

我妈：“结婚不是开不开心的问题，这是正常人都要做的事，你们老了还没有结婚生子会被人笑话，会被怀疑是不是哪里有问题的。”

她：“正常的生活不是所有人都走同一条路，而是走对自己的路。”

我妈：“对什么路？我们不怕被人议论，是怕你们受压力。我们都是为你们好，你们再大点就懂了。”

她：“家长永远认为我们是小孩，可是我们已经能对自己负责。如果我们不怕被议论呢？”

我妈无言。

她说：“我们在一起三年，时间是比一辈子短，但这三年已经让我们有足够的信心去过一辈子。婚姻和孩子不是人生的必需品。如果我们以后到了更大的年纪，有自己的事业，生活不愁，精神富足，感情依然这样好，家里人会放心些吗？”

我妈：“反正你们不结婚就分手，三年了也该结婚了，再不结婚就是浪费两个人的时间。”

女朋友的崩溃肉眼可见。她说的最后一句话：“叔叔阿姨，请给我们四年时间，如果我们没有做到今天说的话，我主动和他分手。我不怕变成你们口中的老姑娘，他那时候三十多岁，要找年轻姑娘也找得到。最差的情况是你们晚几年抱孙子。”

没等我妈回答，她拉着我就跑了。我居然有一种解脱的感觉。谢谢她带我走出这一步。

我马上订了机票去她家，向她家长表达了同样的想法。

意料之中地不被理解。

我们也顾不了了，认真说完，拔腿就跑。

大家始终需要消化和缓冲。

回到工作的城市像是到了我们真正的天地。

我们还是努力工作，幸福恋爱，一切都好。我们越过越好，家人的态度也在软化。

现在四年过去了，我在朋友圈发了纪念日感慨，双方家人都回复了。看来是破冰啦！

我们都很开心！

我眼里的奋不顾身就是这样，谢谢我的女朋友！

当幸福成为常态，生活就是我的最高享受。
因为有你陪伴，七年时间对我来说只是一眨眼。
我们是合作炸厨房的小学生，也是谈天说地的大人。
我们是最佳酒友，也是共同进退的伙伴。
和别人谈起你时，最喜欢的称谓是：我女朋友
我最喜欢你当我的女朋友。

收起

18分钟前 删除

老妈：挺好。四年没白费

老妈：28号你们俩回来吃饭

时叔叔：儿孙自有儿孙福。你们幸福。我们放心。

时叔叔回复老妈：亲家。欢迎我和英子吗？

老妈回复时叔叔：当然当然 。来看花

地质队员的感情线

甜星球居民：匿名

某人自我认识起就是个特殊工作者，他长期出差，用脚丈量地球。

他去过最远的地方是非洲，最近的地方是我们城市边缘的村子里。

我们有过十二个小时的时差，我这边天光大亮，他那边刚好光线消失于地平线上。

热恋期，他在海拔三千四百米的高原上，那里只有一大片的牛羊，没有信号，用不了手机。

我算了算，他离我的直线距离有两千两百五十四千米。

单位给他们团队配了一部卫星定位手机，当年打卫星电话很贵，一分钟五块钱，某人是个不好意思占用公家资源的人，所以每周我们俩只能通话一次，时长一分钟。

通话时，我能听见高原上风呼呼地刮过，我想象他应该躲在帐篷后面。高原上氧气不够，每次我都能听见他呼哧呼哧的喘气声。

住帐篷、喝雪水这种事，是两三年以后我翻开他工作照片时才知道的。

我看过一张他工作的图片——白雪皑皑的山上，偶尔露出一点青青绿绿的岩石，他穿件橘红色的工作服，像一个逗号，点在山脊上。

他说："你不要说话，电话费很贵，你听我说，我这里一切都好，身体健康，工作顺利，什么都好，你怎么样？都挺好吧？"

那个时候我在一家跨国公司上班，压力挺大的，一接到电话就想哭几声，一想到只能聊一分钟，我又舍不得哭。

十年了，到了今天，他出差时给我打电话，还是只会说"你那边怎么样？挺好吧？"。

我当时一个人在外地，租了个房子，身边只有一两个朋友，每天枯燥无味地上班。我是一个职场新人，上司是个暴躁狂，最严重的时候他会把我交的报告甩在我的脸上。

我最害怕过各种洋节的时候。某人经常正月里就出差，腊月才收队，完美地错过了各种恋人能在一起庆祝的节日。

我记得某一年七夕，我在超市里推着车子，身边都是一对一对在购物的恋人。我想吃个巧克力，看见巧克力都是成对打包出售，这一下子触动了我的神经，我马上掏出手机来要和某人说分手！

幸好他那边信号不通。

冷静下来，我就想了很多。

某人家里条件不好，从我们确定下来关系开始，他就想结婚，想买房子。

高原的生活虽然苦，但是三年下来，他至少能给我一套属于我们俩的房子。

去高原出发前的某一天，他跑来我住的地方，给了我一个牛皮纸的信封，里面是工资表、医保卡、银行卡。他说他在外面的花费全部都是可以报销的，他不需要钱，他的全部身家都在这个信封里。银行卡里的钱，他让我自己每个月去查看到账多少；他的医保卡给我，要我生病的时候随时刷卡买药，不要舍不得花钱。

他和我坐在肯德基里，灯光是偏黄的，他在灯光下，眨巴着大眼睛道："媳妇，我从一开始就认定只能是你了，我全部身家都在你那，你可……你可不能跑啊！"

我怎么跑？我怎么跑？我深深怀疑他就是知道我是那种受人之托终人之事的性格，他使出这招，我怎么跑？

我，狮子座，性格急躁，有重度3C产品（计算机、通信和消费类电子产品）依赖症。

他，天蝎座，事业狂，只会听2000年以前的老歌。

我们偶尔想找一部电影一起看，我喜欢看科幻片，他喜欢看嘉禾公司的老片。

我喜欢吃辣吃酸，他最喜欢吃甜的。

我看美剧、看英剧、看韩剧、看日剧，发现新的“墙头”总想推荐给他；他只会关注TVB（香港电视广播有限公司），一部《皆大欢喜》看了四年还在看。

所以我们在一起四五年，然后决定要结婚的时候，我自己都很恐慌，我怕我们南辕北辙的地方太多，婚姻基础不稳固。

我父母的婚姻就很失败，某种意义上来说，名存实亡的婚姻就是一个无法逃离的刑场。

决定结婚的那年，我们两个大吵了一架，主要都是我本人在无理取闹。理工男的思维方式简单粗暴，他说：“我理解不了你那么多小心思，我就要和你在一起，你想想，离开我你行吗？”

我大概花了半个小时认真地去想。

有他在的时候，出远门我只要跟在他后面就行；当我想辞职的时候，所有人都反对，只有他默默地说“觉得委屈咱就不干了，我养着你”；当我钻牛角尖的时候，只有他“顺毛”摸我，我才能服软；吵架的时候，我摔门就走，只有他穿着拖鞋就追上来，说什么也不让我自己出去；我没有自信的时候，也是他给我很多鼓励，知道我喜欢吃什么，坚持都要给我留着，不管去多远的地方，都记着带一些他自认为很好的东西回来给我。

我喜欢追星，我叫这个人老公换那个人做屏保的时候，他都是一笑了之。我强迫他和我一起看演唱会，他却从来没有非要推荐给我什么东西。

他给了我无限的包容、无限的理解，对我而言，他像我的哥哥、像我的父亲，是个理智的爱人。

我为什么不嫁给他?

我大概花光了我全部中奖的运气，在我狼狈不堪的时候，遇见了上天给我的爱人。

理智告诉我，没有到最后一刻，谁也不敢保证婚姻是毫无瑕疵的。

我看过了那么多幸福的人最后没有幸福地走下去，因此从一开始，我对婚姻就持有怀疑态度。

但是如果结婚的人是他的话，至少这段路，我要赌上一切，尽全力去走一走。

今年是我们结婚的第六年，嗯，一切如旧，我和他都没有什么变化。

某人说过的最大一句情话，特别土。

那年他和我隔着海，劳动节的时候他借着放假和我小聚，回去的时候很痛苦。当时，他发呆好久，蹦出一句："来的时候，我特别期待我坐的船出事故。"

我说："你瞎说什么?胡说八道。"

他直愣愣地看着我，说："要是快到地方了，出了事故的话，我会游泳啊，我就游回来了。而且遇见这么大的事情，领导一时也不会让我出去了吧?

"我就留在你身边，不用走了。"

好吧。你从另外的城市费劲带回一罐柚子茶给我，好几斤，那么沉，其实这个牌子的柚子茶我楼下就有售的，可是我都没有嘲笑你，因为你知道我喜欢喝这个。

可是你这个表白真的有够土的了，我忍不住要嘲笑你。

是的，事到今天，我还是会眼眶发红地嘲笑你这件事。

我爱你，我给你生个宝宝吧？

【相亲部分】

你让我现在选，我可能不一定会选择他做我的先生。

两分钟前，他刚惹到我，我需要吐口热气平复一下心情。

因为家里人的关系，我对他从事的行业是自带滤镜的，我到现在也认为那是个又浪漫又特殊的行业。

我毕业那年，姑姑把单位新分来的小伙介绍给我，她挺疼我的，原话是："单位里的新人我帮你留意了，就他最好，你们赶紧认识一下。"

我那个时候心大、年轻、有本钱，当时也有人在追我，相亲这个事我就一直拖着，一直拖到一个周日早上，我姑姑发着火，一个电话把好不容易休息的我叫起来，让我打车到四十多里地外的她单位去相亲。

她那个单位的楼有三十几年的历史，和某人一个办公室的大叔让出位子，暂时离开，以便我们俩眉来眼去。

后来某人跟我讲，刚上班的时候他很痛苦，办公室里的同事一开口就是"一九七几年我在大兴安岭的时候……"。

过程就忽略不谈了，某人的性格是八竿子打不出个屁来的，整场过程中一直都是我在说，我在控场。

我为什么说了这么多，因为我“颜控”，他正好是我喜欢的那种类型，他有标准的三庭五眼，鼻子也大。

回来之后，我在我一个同学家的沙发上打滚了好久。我说：“你们一定要去相亲，我这个相亲对象太好了……”我当时一定很招人烦。

结果我太过激动，既没有问他叫什么名字，也没有留他的联系方式。我那个和我一样神经大条的姑姑以为我们自己搞定了，也就没有再介绍。

接下来的一个月，我们就一直处在失联的状态。

我以为他有我的联系方式。男人，就应该抢占先机，一马当先、当仁不让地给女生打电话，尤其是我这种质优人物美又外向开朗的。

我焦急地等啊等，一直等到我姑按捺不住一颗好奇的心，亲自开口问我：“那个谁有没有给你联系啊？”

“没有啊，他叫什么？我们没有留电话啊……”

我姑姑被我的社交能力惊呆了，决定亲自下场去和小伙联系，开展后续工作。

后来我才知道，他和我见面那天正好是要出差的，急急忙忙与我见了一面后就跑去了山沟沟里。而且见面过程中，我的话又多，他只能频频做点头状。他又害羞，见我没有主动提及自己的名字，也就没好意思问。

而我这边则是被他的美貌冲昏了头脑，以致相亲结束后我的脑子才清醒。

在我们俩彼此没有联系的一个月里，他一直在想象我这边对他没有看好，是我单方面宣布了结束。

结果他一回来，我姑姑就把他叫到她自己的办公室："小X啊，你觉得我那个侄女怎么样啊？"

他一边压制住狂跳的心脏，一边磕磕巴巴地问我姑姑我叫什么。

就这样，间隔了整整一个月，在我自认为这将是我第一次无疾而终的相亲活动，并即将为此肝肠寸断，打算要瘦个两三斤的时候，我收到了某人的短信。

他的短信特别简单：XXX，你好，是你吗？我是XXX……

我是个狮子座的女生，口是心非、口硬心软，估计这辈子也不会把我第一眼就看上他的这件事告诉他。

结婚之后，有一次我心血来潮，没脸没皮地问他什么时候喜欢上我的，是不是对我一见钟情欲罢不能，他一边翻白眼嘲笑一边给了我否定答案。

据他的回答，他是在我们第三次还是第几次见面的时候，也是在肯德基那次，他羞答答地吃着鸡翅，我喝着雪顶咖啡。我们俩隔着张桌子坐在两头，这边我嘴里倒豆子式地在说着啥，他都忘记了，只记得我侧过身来离他近一些，问他"是不是？"。

我问的什么他全然不记得，但是他第一直觉上来，脑子里就翻滚着一句话：就她了，上吧，小嘴一天到晚说个不停的……我想亲她，想拥抱她。

这是原话！我老公的原话！他就是现实世界里那种语言系统构造如此简单的生物！

即便是结了婚，我也没有想到这家伙竟用这么原始性的文字给了我这么一份具有冲击力的回答！

是的，人类的爱情最终应该摒除理性回归本能——我也想抱他！

结束这个故事吧。

某人第一次对我表白的时候，送我的礼物是一枚放大镜，十倍的，他工作时候随身携带的。

我要求他给我一个信物，可能我言情小说看多了吧。

他认认真真思考了很久，从口袋里掏出一枚折叠放大镜，递给我。

这是什么？为什么？什么意思？

我以为他能说出什么发自肺腑感天动地的爱情宣言。

结果某人挠了挠头说："我也不知道，这个对于我工作挺重要的，就给你呗。"

他习惯性地拽了拽我的脸蛋："你和我的工作一样重要！"

很多人用文学的笔触，用热烈的事迹和顽强的反抗去书写和讴歌爱情。

可是我这种凡人，就常常觉得爱情是面目模糊的东西。没有遇见某人之前，我也会有少女时期的设想，幻想过我的爱情是怎样惊天动地的模样。

可是等到我在平凡的生活里遇见一个恰好和我相吻合的人的时候，我才知道，这世间没有什么是可以被预设好的。

该下雨的时候下雨，该刮风的时候刮风。

一切都会注定发生。

日常

甜星球居民：刘小鱼呢

曾经有人问我，你相信爱情吗？我说，我信啊，可是我不信爱情会发生在我身上。

可是爱情是什么呢？谁也说不清。

2019年8月2日，天气晴，我一大早去医院拿体检报告，想着拿完赶紧回去上班，结果报告显示我得了脑瘤。神经外科的医生说："你的这个瘤虽是良性的，但是多发且主要位置在脑干附近，所以做手术的危险系数很大。我建议你去别的医院看看，我这边做不了这个手术，搞不好你人就瘫痪了。"

那一瞬间我是蒙的，眼泪不受控制地往下掉，我心想妈妈当年就是脑干出血去世的，现在到我了，这是不是命运给我开的一个玩笑？

我打电话给我多年的好友，他们翘了班一起出现在医院，一见面就抱着我哭。

我打电话给在异地的老吴，老吴立刻请假来找我了。我电话里跟老吴说我不能拖累他。老吴在来的路上想了一路，也查资料知晓了手术的风险项。

我说："医生说我可能会有很多术后后遗症。"老吴只说："我认定你了，从我表白的那天开始我就已经认定你这辈子是我老婆了。结婚誓言不是说了吗？无论贫穷或疾病，直到死亡将我们分开。所以你不要想着把我甩开。"

我调侃道："老吴，你真倒霉，好不容易找了个女朋友，说不定还活不了了。"老吴说："你知道吗？你打完电话给我，我躲厕所里哭了。"我说："是因为难过吗？"老吴说："是心疼。我在想我从小到大运气都不好，应该是我连累了你。"

2019年8月3日，医生说做手术的风险项之一是可能眼歪嘴斜不会笑，所以拿完报告的第二天，老吴就拽着我去拍了结婚证件照。老吴还嘲笑我不上相，一拍照脸就放大了一倍。接着我迅速预约了两周后的写真，也不知道手术会排在什么时候，我只想尽力留住自己更多的笑脸。

2019年8月4日，早晨，我还没起床，老吴站在床边拿着以前我生日的时候送我的钻戒单膝下跪求婚："你嫁给我吧。"然后趁我没反应过来把戒指套在我的手上，说戴了戒指就当你答应了。我取下戒指说："不行，等我好了吧。"

老吴说："等你好了我再买个钻戒，再给你个正式的求婚。这个是预求婚，这样我们就定了，你就不能把我甩了。"我转过身就哭了，我都不知道我能不能醒过来，也不知道我会变成什么样，这个傻子！

2019年8月11日，这几天我每次觉得难受的时候，老吴总难过地说："我有时候真的宁愿出现这种情况的人是我，我皮糙肉厚。"其实，很多次我身体不适，烦躁地发无名火，老吴对我又哄又"顺毛"的时候，我都想跟老吴说"你真的是个小天使"。

2019年8月12日，老吴陪我去上海找专家。

路上，老吴喃喃地说："我真后悔这辈子没有早点遇到你，否则你以前就不会有那么多的不快乐了。"我顺势开玩笑道："那你下辈子可得动作快点。"看病的时候医生问："你结婚了吗？最好结完婚再做手术。"然后他指着老吴："这是你男朋友？"我说："是的。"医生就没再多说什么。

老吴说："为什么医生要让你结婚后再做手术？不应该是得先把病治好吗？难道是因为人性经不起考验？"我说："应该是吧。"看完病，老吴真的担当起了一个顶梁柱的身份。他主动找我爸沟通交流，努力安抚我的情绪。

我看着认真的老吴，时常会想：虽然老吴有时候很犟，但是脾气这么差的我，这么糟糕的我，到底是有多幸运才会遇到这么包容我的老吴呢？

2019年8月16日，我去拍之前预约好的写真。拍写真好累啊，我不停地感慨当明星真难啊，还好我只是个普通人。

2019年8月19日早晨，走在上班路上的我突然无法走直线。我第一次感觉到无法控制自己肢体时的恐惧感，我承认我第一次觉得害怕了。

2019年8月19日晚，老吴突然望着我深情表白：“鱼，谢谢你答应做我的女朋友，谢谢你在我表白的时候给我机会和你在一起，谢谢你一直和我在一起。”其实这些谢谢，我也想对老吴说。谢谢你任由我撒娇，谢谢你哄着我，谢谢你一直在我身边，谢谢你这么温暖、这么温柔。

2019年8月27日，我们一起去了上海，等待办入院手续和做术前检查。老吴为了让我不那么焦虑，一直在用数据给我分析如果我以后不工作，他的工资是可以养得起我的。唉……希望一切顺利吧。

2019年9月2日，在好友家蹭吃蹭喝蹭住了快一周的我，今天正式入院。我成了不能自由出入医院的“病号刘”。从最开始拿到报告时的焦虑害怕，到现在，我反而有些坦然。

2019年9月3日，今天我要做复查和术前准备。傍晚，管床医生来交代我一些事，然后笑呵呵地问我：“我看有的姑娘手术前哭得不行，你为什么不哭？”我看着医生高高兴兴的，我也嬉皮笑脸：“我为什么要哭？结果都是医生决定的，我难过也决定不了什么。”

傍晚的时候，病房里来了个专门剃头的师傅，女孩还是爱美的，我心里不开心。身在异地的老吴还没赶来医院，我让我爸给我拍了剃头的视频，等老吴来了给他看。后来，老吴看一半就难受得在那哭，把手机一推，不看了。

这么一对比，我想我内心还是挺强大的，于是我就在一旁调侃道：“老吴，你的承受能力不行呀。”

手术前，我的脑子里像走马灯一样播放着过往，我突然就感觉没什么想做而未完成的事了。我顺利地成长到成年，遇到了一直想遇到的最好的人，又有些许挚友。

不爱拍照的自己在手术前也顺利地拍了人生中的第一次写真，在妈妈去世后的六年多里，遇上那么多的困难我都没被打趴下过，如今即使这样死去，也没有什么遗憾了。

2019年9月4日，手术。进了手术室，打上麻药后，我就什么也不记得了。由于手术前十六个小时我都没有进食，手术后我竟然是因为想吃比萨而被饿醒的，想想也挺搞笑的。

我醒后的第一反应是笑一笑，感受面部活动是否正常。接着我就迷迷糊糊地被护士用病床推来推去，直到一天后从重症监护室出来。我仍然无法饮食，无法下床移动，左耳也阶段性失聪。后来我问了老吴才知道，那天他们都以为我很快就会出来，结果医生做了七个小时的手术，他焦虑得饭都没吃。

2019年9月8日，我的左耳仍阶段性失聪，但是我已经可以自己走路，也可以正常饮食了。我期待着自己越来越好。

2019年9月13日，出院当天我出现面瘫症状，我赶紧叫来医生。医生说我手术的位置离面部神经很近，本来就有可能出现这种情况，至于能不能恢复他也说不准。

2019年9月14日，我的左半边脸已经彻底不能动了，老吴和家人安慰我“没事的，会好的”，可是在我看来，这样的安慰真的很苍白。

2019年9月17日，左半边脸的面瘫症状给我的生活带来了很多很小却让我无法接受的改变。我左半边的舌头和嘴唇也不能动了，所以我连说话也说得不清不楚了，说某些字的时候我还会喷口水。我的左眼睑肌肉没有了神经传导，所以我的左边眼睛闭不上，需要手动把左眼捏上才可以睡觉。

我刷牙漱口时无法闭紧嘴巴，水刺刺地往外冒，需要用手捏住嘴巴才可以勉强漱口。我吃东西时因为嘴巴闭不严，食物也会往下掉。这一些小小的狼狈的细节，让我觉得无助和无力。

这几天外面阳光都很好，好到我只想哭，可是不管我的右半边脸怎么狰狞着哭，我的左半边脸就是那样平静着没有表情。望着镜子里那张陌生而不对称的脸，我每天都近乎崩溃。

每天我会和老吴视频诉说当天的心事，今天一大早打开手机看见了老吴铺天盖地的未读消息：

这段时间和前段时间都辛苦你了。

今天你也要好好休息，好好吃饭，然后好好散步，好好调节心情，我们会越来越好的。就像我越来越爱你一样。

只要你人健健康康的，没有生命危险，我就觉得足够了。你的后遗症是会康复的那种，你放心吧。

你别担心，过几个月肯定能恢复过来的。

Baby（宝贝），遇到这种事，我不知道自己该怎么样去让你平复心情，但是我跟你说，不管怎么样我都只要你，我也只想和你在一起。手术并没有伤到神经，目前的状况只是暂时的。现在至少手术很成功，你身体的其他部位都很正常，等你哪一天恢复听力了，面部神经肯定也能恢复了，所以现在最重要的是好好养身体，每天保持心情愉悦，至少不能难受太久，不然我会心疼的。

我应该只能想象到你的部分感受吧？所以真的辛苦你了。

等过了这一关，我们就苦尽甘来了。

以后就全是幸福日子等着你啦。

…………

我看着这些文字，心中哽咽，这么长时间以来我未曾放弃，也只因我的身后还有老吴。

2019年9月25日，术后后遗症之一，我突然开始剧烈地偏头痛。医生开的进口止痛药和我买的布洛芬叠加着吃都已经不管用了。我感觉有个人在拿着大锤不停地锤我的脑仁，我疼得浑身冷汗，连下床吃饭的力气都没有了。

我边疼边委屈着抽泣，边在心里调侃自己：这么一天疼十几个小时我都能挨过去的话，要是生孩子我肯定没问题。

2019年9月29日，我的偏头痛还在继续，可是老吴还在异地上班，他只好拜托我的好友晚上带我去挂急诊做CT（计算机X线断层扫描），看下是否是术后脑积水。医生看了片子说不是的，估计只是恢复期，所以只能忍着。

得知这个结果我甚至不知道我是该开心还是该难过。庆幸的是，我最近每天都会关注我的偏头痛，今天我突然发现我的嘴角可以动了。

2019年10月3日，谁能想到我的偏头痛还在继续。凌晨两三点我疼到大哭，老吴在网上查到按摩脚上的某个穴位可以缓解偏头疼，就一直站在床尾给我按摩脚，希望我不要那么疼了。后来老吴说，那个凌晨，他虔诚祈祷，希望自己折寿换我不要这么痛苦。我皱了皱眉头：封建迷信要不得。

2019年10月6日，折磨了我很久的偏头痛和面瘫不知不觉间都好了，我已经可以出门来回走两千米了，体力也在慢慢恢复。

2019年10月12日，老吴休周末。他拉着我去买钻戒，说是我手术前他就答应了我的。试戒指的时候，旁边的情侣都在关心钻石质地好不好，性价比怎么样，上手好不好看。老吴摸着钻戒的棱角煞有介事地问店员："这个形状她日常戴会不会扎到她？"可能没有听过这么荒诞的问题，店员愣了一下："这个不会的。"

2020年1月28日，天气很冷，我们回老吴的老家见家长。今天是我妈的忌日，每年的这一天老吴都会记着陪我去寺庙上香。今天老吴五点多就起来了，他说要去确认下，因为疫情影响，寺庙还开不开门。他让我先睡，如果寺庙开门的话再回来叫我。等我睡醒的时候已经九点多了，老吴坐在客厅等我，说："今年寺庙没有开门，你放心，妈妈不会怪你的。"

2020年1月30日，今天我们坐老吴发小的车从老吴的老家回工作单位。我们先送老吴去了他所工作的城市，我和他的发小再回我们自己所工作的城市。老吴平时不善表达，在外人面前我俩也很少有亲昵的举动。

分别的时候，他可能想到了无限期（不知道要封城多久）的分离，便趁着朋友们转身时，偷偷用力地拥抱了我一下说："你要保护好自己。"这可能是老吴所能表现出的最外放的表达了。

2020年4月22日，我晚上下班回家，一开门，就看到老吴的朋友们举着相机对着我。家里装饰了气球、电池蜡烛，还有一串闪烁的大字——MARRY ME。老吴特地穿着白衬衫，往我手里塞了一捧玫瑰，单膝下跪道："我当时表白的时候说我们不甜不结婚，现在我觉得我们够甜了，你愿意嫁给我吗？"我点点头，说："我愿意。"对于不善表达的老吴而言，这大概是他能想象到的最大限度的浪漫了吧？

2020年5月12日，我们养了只猫，给它起名叫作夏目。我们希望我们能像夏目贵志一样被生活温柔地对待，希望心软且慈悲的神可以看见我们，怜悯我们，让我们白头到老。

2020年5月24日，我们觉得去年的结婚证件照拍得两个人都像有心事似的，于是今年领证前，我们又重新拍了一张。我们因《夏目友人帐》结缘，所以我们穿的白衬衫上贴了这部动漫里的人物——夏目贵志和猫咪老师。

2020年6月1日，老吴说：“我希望你做我一辈子的小女孩。”于是我们在六一儿童节那天领证了。

2020年7月27日，晚上，老吴正在厨房做饭，突然喊我：“老婆。”我：“嗯？”老吴：“你永远不要觉得我认为工作比你重要哦。”我：“嗯？”老吴：“因为说到底，我们都没有背景，我工作加班只是为了让我们有更好的生活，你是永远排在我人生的第一位的。”

2020年10月15日，老吴晚上下班回家，看见餐桌上的餐具，问我：“你晚上吃的什么？”我：“炒粉。”

老吴拿着餐具慢悠悠地走去了厨房。

我说：“哎呀，看看我们家什么都还得靠我老公来收尾，我可真没用。”老吴一脸得意：“哼，你才知道。”然后他边哼歌边洗餐具。

今天又是快乐做家务的小吴。

2020年11月16日，今天翻相册，我翻到了我寸头时候的照片。我说：“我的天，我那时候真丑。”老吴看了一眼：“嗯，嘿嘿……是挺丑的。”我疑惑：“那时候你不觉得我丑吗？”老吴：“我看习惯了。”然后他看了看我，“还是现在好看。”

2020年12月9日，老吴每次出差都要给我带个小礼物，他说这样代表他出差在外也在想我。今晚老吴出差回来，我去地铁站接他。他下了地铁，拽着我的手往他口袋里放：“放我口袋里吧，你手凉！”

我心想：你在说什么疯话？我手热得不得了。

然后我就摸到了一个布袋子，打开一看，里面是一把木雕梳。老吴献宝一样说："你闻闻，这是一个集市摊上老奶奶自己手工做的，很香。你前两天不是也想要吗？"

然后我才想起来，前不久，老吴发小夫妻俩来家里玩，我看见他发小的老婆有个很好看的木雕梳子，随口夸了句"挺好看的"。

2020年12月17日，老吴竟然有了该死的上进心。老吴在拖地，我说："你别拖了，你拖得不干净我还要拖第二遍呢。"老吴说："我不要，难道因为我拖地不干净我以后就永远不做家务了吗？我熟能生巧总能做好的。"

行吧，我被说服了，那你做吧。

2021年1月2日，老吴半夜起来上厕所，在我耳边嘀嘀咕咕："你知道吗？"然后挪了挪身子靠着我，"我刚刚穿睡衣，静电擦出了火花。"

我好困，没搭理他，继续睡了。

第二天晚上，老吴说："老婆，你知道吗？我昨晚起来上厕所没开灯，穿睡衣擦出了好大的火花哦！"

我："你好无聊哦，半夜说，今天还要说。"

老吴："嘿嘿，我以为你晚上没听到呢。"

我："我听到了，只是太困不想搭理你。"

老吴："原来是这样啊，嘿嘿嘿……"

2021年2月13日，在家过年就不想做饭，晚上我跟老吴点了火锅外卖。老吴九点下楼去买火锅底料，买了好久还没上来，我都怀疑是不是因为太晚了，楼下商店关门了，所以他跑很远去买火锅底料了。结果老吴进家门时，手里拎了一堆东西，说："我手脏，你帮我拿个东西，在我衣服里。"我掀开他衣服一看，是一支玫瑰。他说："明天情人节，你忘了？"我乐得口是心非："玫瑰放你腋下那么久，都要臭啦。"

2021年3月14日，今天，我想哄骗穿着睡衣的老吴换衣服下楼帮我拿快递。老吴："你说点好听话。"我抱住老吴："我的香香宝贝，你怎么这么好、这么香呀？"老吴被逗得咯咯笑。老吴换完衣服，我穷追不舍："我老公怎么这么帅呀？穿上我新买的卫衣简直堪比男明星啊！"老吴边乐边摆手："行了行了，可以了，你有点过了。"然后他屁颠屁颠地下楼拿快递去了。

2021年4月22日，老吴下班路上正跟我用微信聊着天，突然打电话给我，说门口鞋柜上放了惊喜。我心想估计是他点的晚饭，让我帮他拿，结果我一看，是一份蛋糕，包装上面还有一句备注："谢谢你嫁给我。"

我心想，老吴经常在生活里准备这种没用的小浪漫还怪甜的。接着老吴回来了，手里握着一枝玫瑰递给我。

我："你今天要闹哪样？"老吴："你没有心！"我："我怎么了呀？"老吴："今天是我求婚一周年纪念日。"我哭笑不得。所以男人没用的小浪漫确实有用！

其实，我们都不是注重节日的人，所以我和老吴从来不过情人节、七夕节什么的。可是婚后我却经常收到老吴送的花，只是因为下班路过花店的他觉得今天的花开得刚刚好。每次，老吴的公司发了下午茶，老吴觉得我会喜欢吃，都会带回来献宝似的拿给我吃。我每次蹲下来喂猫或做事，老吴都会用手挡住家里的棱角，怕我站起来的时候磕到头。

和老吴在一起，吃鸡我永远吃鸡腿，吃鱼老吴永远把鱼肚子周围刺最少的那块夹给我。

有人说，往往打败婚姻生活的是细节，而我却因为种种这样那样的细节一遍又一遍地爱上老吴。“其实爱对了人，情人节每天都过”，大概就是这个意思吧。

2021年4月25日，今日老吴开启了他的教学时间：“你不要觉得自己不够好，或者性格上有什么……人家不都说原生家庭带给你的都会由你的老公帮你治愈，如果还没有被治愈，就说明你老公不够好。所以啊，你以后如果觉得自己不够好的话，你要觉得是你老公还不够好，是我给你的爱不够多，才没有让你越来越好。所以需要改变的是我。”

虽然我没听过这种说法，但是老吴说有那就有吧。

2021年5月6日，又是去医院复查的日子。我的左耳朵还是听不见，医生说应该是永远听不见了。脑部复查也查出还有两处残余肿瘤。老吴安慰道：“没关系，医生说瘤长得很慢的，说不定等它长大我们都七老八十了。”

2021年6月1日，我们结婚一年了，这一年的婚姻生活让我很多次生出感慨，要知道结婚这么开心，我早点结婚就好啦。日常的家务我和老吴一起分担，不过老吴几乎从来不让我进厨房，他总开玩笑说厨房不该是女孩待的地方。我是幸运的，我的公公婆婆也对我非常好，照顾我的身体，平时也把我惯得像他们家的小女儿似的。原来，遇见了对的人、对的家庭，怎么样就都是对的了。

后记：

从当时拿到报告到做手术前，我想过很多很多，我也很纠结，不知道该不该让老吴一直陪着我，这对他不公平。他有大好的未来，没必要耗在我这里。但是老吴一直以来的回答都是“你不要想太多，因为我知道如果我有了跟你一样的情况，你也不会放弃我的”。我想了想，突然就觉得释然了。我明白，他是懂我的。

其实，遇见老吴之前的很长一段时间里，我只想单身，觉得单身多美好，多无拘无束。如今我可能明白，为什么人们长时间以来都要坚持不懈地寻找爱情了，因为它可以给人力量啊。

我知道社会浮躁，人心难测。我也不敢假设如果当年我遇到的不是老吴，如今平行世界的另一个我会生活得多么糟糕。但是我真的感恩遇见他，我真的找到了全世界最温柔善良的男孩。

我觉得自己真的很幸运，我拥有一个在平时生活里几乎不让我进厨房、在我面对生死考验时也一定要我坚持下去的男孩。平淡也好，风雨也好，他的偏爱和笃定让我被爱和安全感包裹着。不管是在我生龙活虎的时候，还是在我无法进食无法下床移动的时候，老吴都愿意守着我。希望到老，我再问老吴“遇见这么糟糕的我，你后悔吗”时，老吴依然会有2019年8月2日那天一样的回答：“能跟你在一起，我不后悔。感恩遇见。”

2020年10月9日，写自老吴：“日常幸福是什么呢？幸福就是，我在厨房里准备第二天的午饭，老婆躺着看综艺节目时，时不时传来的嘿嘿笑声以及‘夏目！你干吗呀，小心我揍你’的声音。我想起来一句我挺喜欢的一部动漫《日常》里的话，‘我们所度过的每个平凡的日常，也许就是连续发生的奇迹’。”

2021年10月2日，我的头发终于长到可以做造型的程度了，我去拍了心心念念的婚纱照，感受了一下累并快乐着的情绪。

最后，爱情是什么呢？是横冲直撞，是初生牛犊不怕虎，也是勇气和力量。或许我们勇敢一点，就会有奇迹发生。

日剧般的恋爱

甜星球居民：Kakuuuuu

我在日本留学，在一个语言学习平台上和一个日本人聊得很开心，前两天我们“奔现”了。

下飞机后，我去了起码三趟洗手间，我太紧张了。

我在机场接近出口的地方等他，不久后，就远远地看见了一个身穿军绿色大衣的清瘦男人往我这边走过来，这时候我大概就猜到是他了，一米八二的人在日本人群中太显眼了。

他走到我面前时，我俩互相盯了大概十秒，就明白应该是对方了。

我太紧张了，不知道说什么，就说了句“请多指教”，他也回了句“请多指教”。太好笑了。

不过尴尬的是，我的口罩带子突然掉了，他说他有新的，不过和他戴的是一样的，问我介不介意，我说我不介意。

然后他就从背包里掏出一个粉色的布口罩……我还以为会是和他一样的黑口罩。我一下就明白了这是他专门为我准备的。

他真的好细心，口罩都备好了，我对他的第一印象真的好好。

估计因为他在学生时代就一直在练习剑道——就是日本传统的那种——所以他身形特别好，走路姿势也很好看。

我坐上了他的车。按照他的计划，我们的第一个目的地是当地有名的溶洞。我真的全程都不用担心该吃什么该玩什么，他都想好了。

那个溶洞距离我们还挺远的，开车要一个半小时，不过他开车技术很好，即使下了暴雪，他开得还是很稳。

去溶洞的路上，他说："说实话，我真的从来没有为了谁而开车去哪。"

我下意识地说："那你现在有了。"

他居然害羞地用手捂嘴笑："别，安全第一。"

他真是太可爱了！

在之后的路程上，我就经常逗他。以前我从来不觉得自己很会撩，但是说了日语后，我就感觉自己特别放得开。

到了溶洞，他去买票，然后我就偷偷拍了张他的背影的照片。

之前了解到日本人谈恋爱时的消费都是偏向于AA制（平摊费

用）的，我觉得无所谓，AA挺好的，男女平等，我在来之前就带够了钱。

他拿到票后，我就和他讲："我之后再把我的那份给你。"他愣了一下，说"好"，然后我们一起往洞口走了两步，他又回头拍了下我的背说："钱的问题你不用在意，你坐飞机过来就够花精力和钱了，而且我是大人。"

我是留学生，他是小学老师。

哇，大人真好。

溶洞里很黑，我们走在一起的时候，手不小心碰了一下，他就顺势把我的手牵住了。我完全没有心情欣赏溶洞美景，心不在焉，但还是拍了几张照片。

午饭他也提前想好去哪吃了，我们去了溶洞附近的小镇里的一家意式料理店。

之前我们语音聊天的时候，我和他说，跟日本女孩比起来，中国女生可能吃了，他说没事，他喜欢能吃的。

结果我没想到他真的记住了，午饭我们点了很多，两个人各点了一份意面，然后点了一份比萨，主要是那个比萨特别大。我后悔了，我应该说自己是"小鸟胃"。

为了不辜负他喜欢的能吃能喝的大方女孩的形象，我差点撑死在这家店。

所以大家不要随便立人设。后面我和他提起这个，他在那里狂笑，说他其实是为了配合我才说自己喜欢能吃的女孩的。

下午，按他的计划，我们一起去了当地最大的祈愿地。我们两个人一起投硬币进去，再同时祈愿，真的挺浪漫的。

后来，我们去了他预约好的居酒屋。总之，一切都是按照他的计划在进行。

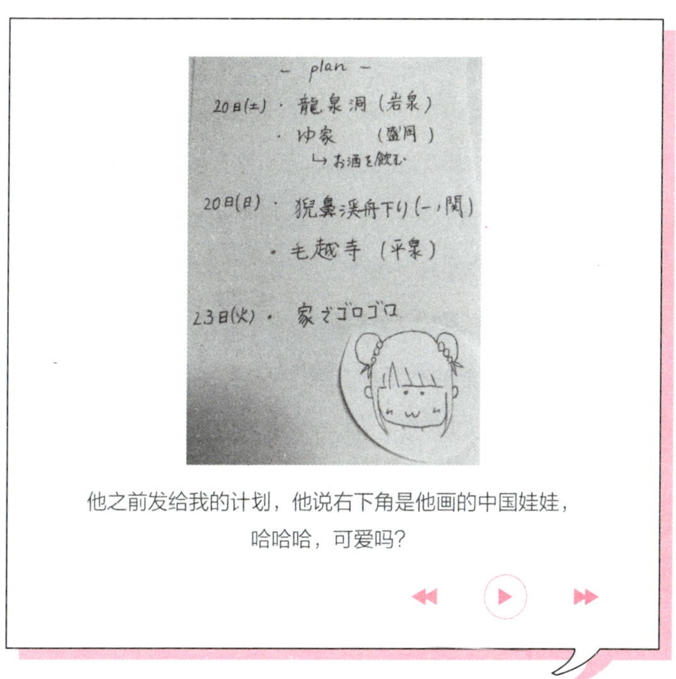

他之前发给我的计划，他说右下角是他画的中国娃娃，哈哈哈，可爱吗？

他在居酒屋预订了一个开放式小包间，窗前是日本庭院。

我大概喝了三杯不同的酒，刚好到有点微醺的地步。晚上七点一过，他看我应该不能再喝了，就说要去结账。

回到酒店后，他帮我把外套挂了起来，我就傻傻站着，脑子还有点晕晕的。可能是我本人微醺的样子太可爱了，他朝我说“过来”，我就走到他面前，头靠在他锁骨的位置。我闻到了他身上淡淡的洗衣粉味道。

他问我有没有醉，我说没有，他说太好了，有些话要在我醒着的时候说。

“你可以和我交往吗？”

“好。”

这里解释一下，因为我们之前都互相表明过心意，但一直没有说谈恋爱的事。上周我没忍住，就在语音里问他我们俩现在是什么关系，他愣了一下，说有考虑过这个问题，但觉得这种事情不论是文字还是语音都没法传达真正的心情，而且不礼貌。所以在那天晚上，他才和我正式说要交往，不过我们俩心里都觉得之前我们就已经是男女朋友啦。

然后我觉得好心动，就准备亲他，结果他太高了，我踮着脚都亲不到！气死我了！我郁闷地走到床边坐着，觉得有点晕就躺下了。

他也过来坐在我旁边，过了一会儿才躺下。我们互相盯了很久后，他靠过来亲了我，就轻轻地碰了一下。

我问他：“你第一次亲吻是什么时候啊？”

“刚刚。”

没想到，纯情男人竟在我身边。

我去洗澡，洗完澡出来后，他看见我的睡衣，愣了一下，说：

“挺好看的。”

然后换他去洗澡，他出来之后，我就明白为什么他之前要愣一下了——我俩睡衣的材质和款式都一模一样，仿佛是一起买的情侣睡衣。

第二天下午，我们还是去观光。走在路上，他会牵着我的手放在他的大衣口袋里，偶尔捏捏我的手掌心。所以网上说日本男生在街上会和女朋友保持距离都是假的！

晚上我们回了他自己家（在同一个省的别的市）。回他家之前，我们一起去超市采购了晚上要做寿喜锅的材料。两个人一起逛超市感觉好有生活气息哦。

一进他家，我就闻到了很清爽的香薰味道。虽然他说他在我来的前一天晚上专门打扫了，但是这整洁程度应该不是打扫一天就能打扫出来的。

做寿喜锅的时候，我说“我来帮你”，然后他就一步一步地教我，教到哪种程度呢？如下：

“先把这个抽屉打开，把量杯拿出来，水量到‘1’的位置，然后倒进去……”

“好，咱们现在来切蔬菜，把这个切三分之一，小心不要弄伤手，嗯，切得很好，很不错，然后再把这些放到这个锅里。”

我全程一句话都不敢说。他问我怎么了，我说：“你真的好像老师，我好紧张。”

做寿喜锅挺简单的，我们一会儿就做好了。吃过后，他给我看了他学剑道的护具。我拿了下，特别重，不过因为是第一次见，我很好奇。

吃完寿喜锅，我让他先去洗澡，因为我想趁这个时间把我带给他的礼物准备一下。

他洗完澡穿着轻便的家居服戴个眼镜坐在办公椅上的样子，看得我直流口水。

我把礼物袋藏在身后："虽然很害羞，我有礼物想要给你。"

他说："其实你人来了就是给我的最大的礼物了啊，真的真的谢谢你。"

"嗯，里面还有封信……所以你待会儿等我去洗澡后就自己看啊，我太害羞了。"

我为什么要写信呢？其实我来日本没多久，日语口语并不好，虽然我和他已经连续一个月每天都语音聊两个多小时，但我还是会担心自己没有把真正的想法表达出来，所以我决定写信。

然后还没等他反应过来，我就去溜去洗澡了。洗完澡出来，我发现他的眼睛又是红红的。

"谢谢你，能够遇见你真是太好太好了，活着真好啊。"

"你又哭了吗？哈哈哈。"

"笨蛋，不准看。"他把我抱着不让我看他。

那其实是那天他第二次落眼泪了，吃晚饭的时候，我吃着吃着就听见他吸鼻子的声音，然后他说："糟了，我好想哭。"

我知道他为什么这么难受。他性格比较内向，体形又高大，对外人都很冷酷，不认识他的人都挺怕他的。他的最好的几个朋友大多有了自己的家庭，或者是在为自己的事业奋斗，他们很少有联系。他每天都是一个人去上班，一个人回家做饭、吃饭、打扫、睡觉。他工作也很辛苦，日本小学老师要教全科，然后还要写各种文字材料，所以他每天都要加班，有时候休息日还要应付家长。

可能我的出现对他来说真的很难得吧？

至于为什么他一直没谈恋爱，也不是没有机会，以前他喜欢过一个女生，就只是暗恋，大学的时候他跟她告白过，但被对方拒绝了，后来他就一直在忙于工作。他也尝试过相亲，也有人喜欢他，但他都觉得好像对对方不会心动，就干脆放弃了恋爱的想法。

“我其实是几乎不会哭的人，所以我真的不想被你觉得我是个爱哭的人。”

“哈哈哈，我知道啦，我会一直在你身边的，哭也没事哦。”我当时觉得他又好笑又可爱，那么大一个人靠在我身上哭，但我又挺心疼他的。

安慰他后，我们一起看了会儿视频就睡了。

第二天是工作日，他要去上班，七点半左右他就起床了，我蒙蒙的，下意识地说我也起，他帮我把被子掖好，说：“你多睡会儿，等我回来。”

他出门前亲了我额头一下，我当时的内心独白是：还好我最近控油保湿做得不错……额头不油……

下午我在他家看书，四点过一会儿他就回来了，平时他一般要到六点多才下班回家，他说他专门早退了……

他买了很多食材回来，还给我带了巧克力和美瞳眼药水。巧克力是我最爱吃的零食，他买美瞳眼药水的原因可能是那天风太大，吹得我的美瞳有点干，一直在揉眼睛的我可能被他看见了吧。但是我完全没有要他帮我带这些回来啊，真是的，呜呜呜。

把东西放好后，他在找眼镜，我说眼镜不是在他脸上戴着吗，他说他在找在家专用的眼镜，我问他为啥要用两副，他推了下眼镜，说："switch（切换）。"

哈哈哈，这个人好可爱。

说起巧克力，其实他是不能吃巧克力的，他有偏头痛，只要吃到巧克力和咖啡就会痛得不行，所以为了我专门买了巧克力这个行为就让我更感动了。（赶紧吃一块压压惊）

晚饭他也是做的什么锅，名字我忘了，他知道我经常吃辣，所以买的底料辣度是最高的。（虽然我吃起来毫无波动，但他被辣哭了哈哈哈哈哈。）

吃完饭后，他说他今天开车的时候有练习唱歌，因为昨晚我和他讲想听他唱点什么，他说这首歌无论如何都想唱给我听，说歌词和他现在的心情一样。

明天我就和他顺利交往五个月啦！

这五个月，我们在没见面的日子里，每天都还是会打两个小时的电话，同时我们也会保持着每月见一面的频率。我和他一起看过樱花，去过雨天的琵琶湖，在仙台看海……都是满满的回忆。

但也不全是开心事，大吵小吵我们都有过！

我之前也说过，日本小学老师特别辛苦，他也没有什么朋友，所以我的出现对他来说真的是一种救赎。

于是他来找我了。

是的，他已经辞职啦，他在我的城市找了新工作，这周末就会搬过来。我们不再是异地恋了。

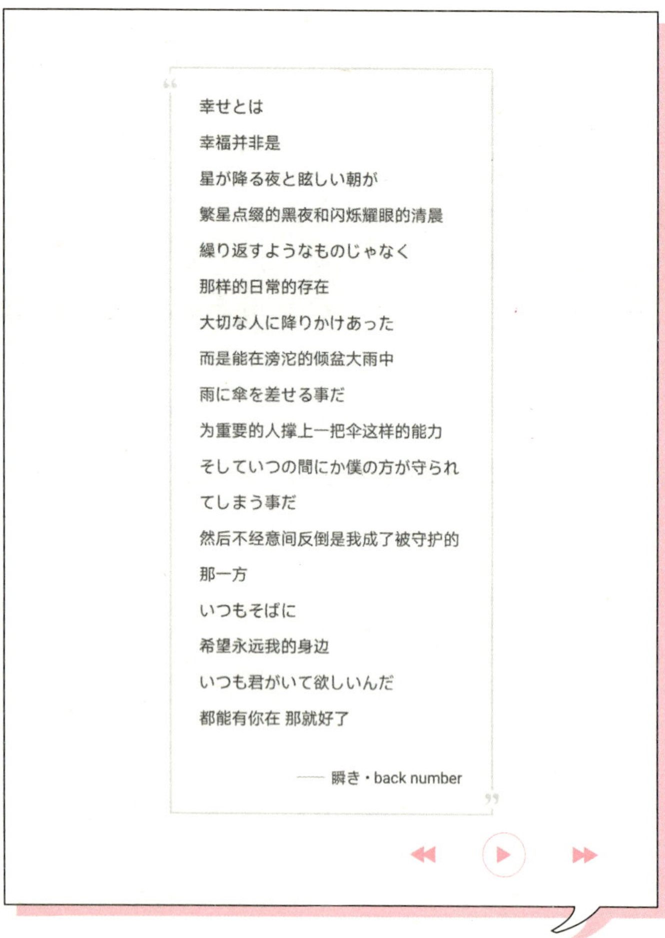

请你看海

甜星球居民：U-Like-某只

漫步于南法的蔚蓝海岸，

享受这个时代少有的轻松与宁静。

怀念那个阳光刚好的午后，坐在海边，

面朝美好，背离喧嚣。

小男孩的心事

甜星球居民：HJH-ainiaini

哦豁
2018年09月03日 18:07

大头开学第一天，
奶奶：今天分到新同桌了吗？是女孩子吗？
大头（非常开心）：嗯！分到了一个女同桌，还有一个是男的……
奶奶：哦，那朱瑞泽（大头的好兄弟）呢？
大头（不开心）：哼，他两个同桌都是女的！！！

这，小孩间的，莫名其妙的攀比……
iPhone 6

CC小垃圾：妈耶
哦豁 回复 CC小垃圾：怎么说，他可能还不懂，这年头，温柔的女同桌是不存在的
CC小垃圾 回复 哦豁：哈哈
CC小垃圾 回复 哦豁：你要给他希望
兔子：哈哈哈哈哈哈哈哈哈我笑出声
哦豁 回复 兔子：希望大头到时候被女同桌揍的时候，也能像今天这么开心

01. 同桌

大头刚开学的时候分到一个女同桌。

果然，不出我所料，这个女同桌，是个会打人的女同桌。她每天在课桌上画“三八线”，还不准大头把左手放在桌上。

这就导致大头回家吃饭、写作业时，还习惯性地把左手放在桌下。

哈哈哈，大头真的非常可怜。

我妈就很生气，气大头为什么不反抗，为什么这么㞞。我妈气得揍大头，大头就哭得更惨了。

我就劝我妈：“大头幼儿园的时候玩滑滑梯，抢不过男生，就傻乎乎地站在旁边看，还是几个小姑娘帮大头打架，手拉手占着滑滑梯给大头玩的。你现在就当大头是在还当年的债了。”

我妈一听更生气了，啪啪啪对着大头又是一顿揍。

大头每天在学校里挨打，回家了还要因为在学校挨打而被我妈打，真的好惨。

就这么被揍了几年，直到大头三年级的时候，他第一次被叫家长了，理由是：大头在学校打人！

我妈：“老师我没听清楚，是我儿子被打了，还是我儿子打人了？”

老师：“是大头打人了。被打同学的妈妈等下过来，你也来一下吧。”

我妈就欢天喜地地换了套衣服、涂了口红去学校了。

我妈回来后，吃饭的时候，我们全家人第一次听到了“雨涵”这个名字。

大头打架是因为那个被他打的男生骂了雨涵。

我爸听完事情的经过后，提议：“既然如此，要不然让雨涵做大头的同桌吧？”

我妈第二天就真的去找了老师，拜托老师把两个小孩放在一起。

雨涵就真的成大头的同桌了。

后来因为雨涵和大头上课说悄悄话，老师把他们分开了，大头每天去上课都没劲，蔫不唧的，我妈就说：“你下次考试考好点，我就去拜托老师给你们换回来。”大头期末考试数学考了一百分，我妈去找老师好说歹说，终于又给他们换回来了。

02. 开学

暑假的时候，我们全家出门旅游，一直没太在家。在开学的前一天，为了庆祝大头明天开学，全家人一起去吃了肯德基。

我爸：“大头，你明天就要开学了，这两个月玩也玩了，吃也吃了，今天晚上再检查下书包，晚上早点休息。明天开始就要好好读书了，你……”

大头：“我明天就可以见到雨涵了！”

开学，大头就能见到他喜欢的人了！

有这么一句话：我只要一想到明天就能见到你，我从今天晚上开始就感到幸福快乐了。

03. 不同

雨涵有个双胞胎姐姐，叫雨欣。

两姐妹是同卵双胞胎，在一个班上学，长得一模一样，穿的衣服也一模一样，老师都经常分不清楚谁是姐姐谁是妹妹。

大头能分清楚。

我妈就问他："你怎么分出来的？她们长得一模一样啊！"

大头："她们长得不一样啊，我发现雨涵下巴那里有一颗小小的痣。"

隔了几天，大头又特别兴奋地跑过来跟我说："姐姐，我又发现雨涵跟她姐姐不一样的地方了，李雨涵跟我一样是双眼皮，她姐姐是单眼皮！"

每个人都是独一无二的，尤其是在喜欢你的人眼里，哪怕你是双胞胎。

04. 电话手表里唯一的女孩

我妈给大头买了个新的电话手表，手表带有拍照功能，大头很是喜欢，经常拍来拍去。我就很好奇他都拍了什么，让大头给我看看。

相册里有我们的家人，有大头在放学路上遇到的小狗，有拍得很模糊的云朵……大部分是大头在学校里拍的照片。相册里还有很多张大头跟他的兄弟们抽乌龟输了贴了一脸纸条的合照，几个小男孩挤在一起做鬼脸，又青春又可爱。

一直翻到相册的最底下，照片上的人是大头用电话手表偷拍的小女孩雨涵。

大头假装在自拍，其实就是为了拍坐在他身后的女孩，他还给女生用了小公主头饰的贴纸。

相册里，男生有很多，女生除了我，却始终只有一个雨涵。

05. 关于雨涵

我们全家人都知道大头在暗暗地喜欢人家小姑娘，小朋友们之间的这种感情是非常纯粹美好的，我们不希望去惊扰了他们，所以一直在默默地充当旁观者。

我爸妈告诉大头：“你可以喜欢雨涵，但是你现在不能告诉她，喜欢是要放在心里的。你现在最重要的是要好好读书，努力变成一个优秀的男孩，长大了以后，你才有能力保护她、照顾她。”

这就是我弟弟的小故事，如果能温暖到你，我们也觉得无比开心。

一路走来

甜星球居民：市民菲女士

【订婚啦】

2019年5月3日，就在这一天，我们订婚啦！

【写的信是最浪漫的礼物】

下午，在家整理房间的时候，我找出了好多大学以来爸爸、妈妈、男朋友和朋友们写给我的信。再看一遍这些信，我还是会幸福得想哭。我小时候和爸爸妈妈吵架，我们会写道歉信偷偷贴在对方的房间上；后来妈妈去外地工作，我们开始邮寄信件；上大学之后，即使语音视频足够方便，爸爸妈妈也会写信寄给我；再后来我恋爱了，我保留了写信的这个习惯，在每个重要的日子里，我和男朋友都会写一封信给对方。

现在，大家想到节日礼物都会很苦恼，绞尽脑汁也想不出送些什么才好，其实我觉得在节日写封信给自己爱的人，真的是件很棒的事情。那种被认真对待的感觉，比收到任何礼物都快乐。而且这样的快乐和感动，是永远不会褪色的。

写信真的是最好不过的表达爱的方式。“提笔给你写信”这六个字，听起来就已经足够浪漫了。

节选一些爱意满满的瞬间吧——

①爸爸的信

姑娘：

你妈妈不喜欢我这样称呼你，可是我喜欢。虽然爸爸经常看到你的自拍照，偶尔还能与你视频聊天，可在爸爸心里烙印最深的，还是你小时候可爱的乖乖的小姑娘模样。但听你最近说话，爸爸明显感到你长大了、懂事了，有点“小大人”的样子了。和爸爸上大学时相比，你目前的状态真让人欣慰。记得爸爸从天津回来时，看到你一个人往宿舍走的时候，爸爸真的有点放心不下，这是你头一次孤身在外呀……爸爸太长时间没写过信了，平常总写些申请、总结之类的刻板公文，真不知道从哪说起。就写这些吧。

爸爸

②妈妈的信

1.

妈妈就是个“超级大啰唆”，自己没有太多恋爱经验，也只能指导你这些了，嘿嘿。所有事情都一样，结果固然重要，但过程更为精彩！总之一句话，你幸福，我们就快乐！

妈妈

2.

亲爱的妞妞宝贝：

妈妈终于可以写一封寄给远方的你的信了，之前咱俩大多是在无法交流或是闹掰的时候才写信。今天不同，妈妈提笔时还有些词穷。没办法，遇见了文艺的你，妈妈也得跟着文艺啊……不写啦，当文艺女孩的妈妈好辛苦的，写起字来还是有一点考验。妈妈还是希望你像高中一样过得充实、快乐，更希望你能收获不一样的收获。祝你大学生活精彩多多，欢乐多多，越来越漂亮。妈妈特别要嘱咐的就是安全问题：安全第一，时刻提高警惕。爸妈永远快乐着你的快乐，幸福着你的幸福。

妈妈

③男朋友的信

1.

宝宝：

生日快乐呀！写信的感觉真的很奇妙，用手拿着笔，一笔一画写字的感觉，真的是打字所不能替代的。此时此刻，我真的被浓浓的幸福感包围着，这大概也是你带给我的诸多改变之一吧。我仔细回想了一下，这次给你写信是我心情最轻松的一次，之前每次给你写信，好像都正好赶上这样那样大大小小的坎坷。现在好啦，之前我们担心的事都已经解决啦。你看，我说得没错吧，只要我们在一起，就没有解决不了的困难。我相信你，我知道，你也一样相信我。

2.

写到现在，已经是深夜啦。回想着和你相识到现在，我心里满是幸福。此时此刻你要是在我身边就好啦，我一定会搂着你，捧着你的小脸亲个不停。我心中无比期待我们以后的幸福生活，嘿嘿。就像你说的，因为你的出现，我期待一切未知和未来。

3.

时间过得真快，一眨眼已经是我们相识一周年的日子了，现在想想仍然觉得有些恍惚。一年前的今天，当我第一次和你打招呼的时候，我哪里能想到这一天是多么意义重大？感谢命运把你带到了我的身边，因为你的出现，我甚至重新认识了我自己。在你到来以前，我就一直憧憬爱情的美好，也始终相信我会是个不错的男朋友。但有了你之后，我才知道，原来爱情可以有这么美好，美好到我在呆坐时，一想到你，都会觉得美滋滋，想着这么幸运的事真的降临到了我头上；你也让我知道了，自己爱一个人可以爱到什么程度。

4.

下午去找你，停好车后，我就开始努力调整状态，准备笑着迎接你，给你一个大大的拥抱。而当我站在马路这边，看到你向我走来时，我忽然发现自己并不需要刻意露出笑容。看到你开心的笑脸，我复杂的心情瞬间一扫而空，取而代之的是发自内心的嘴角上扬。走上前去紧紧抱住你时，我只觉得无比幸福。在那一刻我下定决心，尽管未来充满了未知，我也愿意付出一切去扛住所有困难，只希望我的小宝能在我的保护下，能一直这样开心地笑。

5.

正是因为有你，我才能迅速成长，并且想继续努力成为一个能够保护你的男子汉；而也正是有你，我才能在你身边继续做一个天真快乐的小男孩。想想也真是件奇妙的事，或许这真的是命中注定的缘分吧。

【画在漫画里的日常——《怎样做出一个寿司》】

【牵手扬帆】

絮絮，好久不见，我很久没有和你分享我生活里的小故事了，感觉像是很久没和老朋友聊天了一样。

最近我的生活里发生了一些不小的变化。今年六月领证之后，我爱人确诊了恶性肿瘤。虽然说完全治愈的概率很大，但我们还是花了不少时间来接受这个事实。

我从来没有做过手术，也没有做过陪护，刚刚来医院的时候，我差不多每天晚上都会一个人坐在走廊里偷偷哭，哭完再给自己打气，回到病房里照顾他。说起来也挺好笑的，第一次作为家属签字的时候，我根本控制不了自己的眼泪，从医生办公室出来，我的整个口罩都被眼泪打湿了。

我爱人也有过一段情绪崩溃的时间。穿刺结果出来之后，我俩在医院大厅呆呆地坐着，他把头靠在我的肩膀上，沉默了很长时间。我能感觉到他在偷偷擦眼泪。那天晚上我俩就这么靠在一起流眼泪，时不时还会安慰地拍拍对方的头。

可能所谓爱情的力量就是这样吧，明明自己也有恐惧和难过，却还在想好好保护对方。过去，他一直说我是他的小公主，现在，我准备当一个能够给他勇气的全能超人。

领证那一天，我们得到了很多人的祝福，可惜“从此两个人幸福地生活在一起”只是童话里的结局。真正的生活还在继续，还有许多的故事要发生，还有很多事情要经历。好在这些未知的故事里已知并确定的内容是：我们会手拉着手，一起面对。

还有很多戏剧性的瞬间。比如不好的病理结果出来之前，我们正坐在一起研究新一季的婚纱；比如我们坐在去医院的出租车上，突然听到电台里播放了大学时我们两人常听的歌。

不过呢，我们的生活现在也有慢慢变好一点啦。我们现在转到了一家更好的医院，手术也会在明天进行。我也变得更坚强了一点，每天还会坚持早起给自己化个妆！对了，我们还定下了婚礼的日期，明年的秋天我就可以穿上婚纱啦。相信那个时候，我们一定已经闯过了重重困难的关卡，可以比任何人都笃定地说出那句“无论疾病还是健康，无论贫穷还是富有，我都会爱你、照顾你、尊重你、接纳你，永远对你忠贞不渝，直至生命尽头”。

明天就是手术日了，希望过一阵子，我可以来分享一些更好的消息给你。

祝大家都健康平安。

【结婚给絮絮寄了伴手礼】

我们喜糖盒上的贴纸还有请柬都是在絮絮这里认识的小姐妹给我们画的，所以我也非常谢谢你让我们认识了很多好朋友。

【婚礼照片】